PROPERTY OF
TYDFIL PUBLIC

FI, A MR HUWS

Mared Lewis

y Lolfa

Argraffiad cyntaf: 2017
© Hawlfraint Mared Lewis a'r Lolfa Cyf., 2017

Mae hawlfraint ar gynnwys y llyfr hwn ac mae'n anghyfreithlon llungopïo neu atgynhyrchu unrhyw ran ohono trwy unrhyw ddull ac at unrhyw bwrpas (ar wahân i adolygu) heb gytundeb ysgrifenedig y cyhoeddwyr ymlaen llaw

Cynllun y clawr: Sion Ilar

Rhif Llyfr Rhyngwladol: 978 1 78461 400 3

Dymuna'r cyhoeddwyr gydnabod cymorth ariannol
Cyngor Llyfrau Cymru

Cyhoeddwyd ac argraffwyd yng Nghymru
ar bapur o goedwigoedd cynaladwy gan
Y Lolfa Cyf., Talybont, Ceredigion SY24 5HE
e-bost ylolfa@ylolfa.com
gwefan www.ylolfa.com
ffôn 01970 832 304
ffacs 01970 832 782

1

"Help! Heeeelp!"

Ond doedd neb yn medru clywed, allan yn y môr mawr.

Ac roedd pethau'n mynd o ddrwg i waeth; daeth ton fawr dros ymyl y cwch. Ro'n i'n wlyb at fy nghroen.

Clywais sŵn taranau'n isel ac yn agos, wrth i'r storm nesáu. Dechreuodd y tonnau fynd yn uwch ac yn uwch. Yna gwelais hi, y don fwyaf erioed, ton fel mynydd, yn dŵad yn nes ac yn nes ac yna'n torri drostaf i gyd. Ro'n i'n ymladd am fy ngwynt ac yn boddi! Yn boddi...!

Eisteddais i fyny mewn braw a syllu o 'nghwmpas, ar y papur wal streipiog, ar y wardrob. Ac yna ar ddwy lygad werdd yn syllu'n flin arna i o ganol bwndel o ffwr llwyd.

Neidiodd Dwynwen y gath oddi ar y gwely ar ôl ychydig eiliadau. Cerddodd linc-di-lonc at y drws ac yna eistedd gan edrych arna i, ag un llygad wedi cau. Doedd hi ddim

taran,au – *thunder*
ymladd am fy ngwynt – *fighting for my breath*
boddi – *to drown*
cerdded linc-di-lonc – *to walk nonchalantly*

yn edrych yn rhy hapus 'mod i wedi tarfu ar ei hwyl!

Syllais yn ôl arni, y prif gymeriad yn fy hunllef. Ych a fi! Pam oedd hi wedi penderfynu llyfu fy ngwyneb i 'neffro i? Roedd hynna'n afiach!

"Cer! Dos!" Ac yna dyma fi'n gweiddi "Ben! Ben!" ar dop fy llais. Ben fy ngŵr oedd pia'r gath, ac roedd o wedi mynnu ei chael hi er ei fod o'n gwybod yn iawn 'mod i ddim yn hoffi cathod o gwbwl.

Roedd y gath wedi cael aros ar yr amod mai fo, Ben, oedd yn ymdopi â hi os oedd hi'n creu trafferth. Felly lle oedd o rŵan?

Dal i eistedd wrth y drws oedd Dwynwen. Doedd hi ddim yn gwneud llawer ar gyfer 'PR' cathod, meddyliais. Roedd hi'n arfer cerdded o gwmpas y tŷ fel tasai hi pia'r lle ac yn talu'r morgais! Bu rhoi enw santes i'r blwmin gath yn gamgymeriad.

Roedd Caio'r mab yn medru gwneud yn iawn efo hi hefyd a dweud y gwir, a'r ddau yn hoff o'i gilydd. Arferai'r ddau eistedd ar y soffa fel dau hen ffrind; bron na fasach chi'n meddwl bod y ddau yn canu grwndi, nid jest y gath! Reit, lle oedd Caio, 'ta?

tarfu – *to cut across*

hunllef – *nightmare*

llyfu – *to lick*

ymdopi – *to cope*

canu grwndi – *to purr*

"Caio? Caio!"

Roedd hyn yn hurt! Do'n i ddim y mynd i gael fy nal yn wystl gan gath yn fy stafell wely fy hun! Felly mi ddois i allan o'r gwely yn araf, araf, a chan gerdded o gwmpas y gath yn ofalus, ofalus, agorais y drws. Aeth Dwynwen allan o'r stafell fel mellten, yn amlwg eisiau mynd allan i'r ardd i bi-pi. A do'n i ddim eisiau mentro cael Llyn Alaw arall ar lawr y gegin, oedd yn digwydd weithiau pan oedd Dwynwen eisiau protestio! Do'n i ddim yn y mŵd heddiw!

Llusgais fy hun i lawr y grisiau ar ôl y gath, gan fwmian yn flin dan fy ngwynt.

Lle oedd pawb?

Yn od iawn, dim ond wedyn sylwais i go iawn ar y distawrwydd. Roedd pob man yn dawel fel y bedd. Mi faswn i'n medru clywed waliau'r tŷ yn anadlu taswn i'n gwrando'n ofalus iawn, dwi'n siŵr. Doedd dim smic yn unman.

Baswn i wedi rhoi unrhyw beth i gael rhyw fath o sŵn y foment honno. Roedd y distawrwydd ofnadwy yn fy nychryn.

---

hurt (gog) = dwl (de) – *silly*

fy nal yn wystl – *to hold me hostage*

mellten – *lightning*

llusgo – *to drag*

mwmian – *to mutter*

dim smic – *not a sound*

Ro'n i ar fin gweiddi "Ben? Caio?" eto, ond stopiais. Doedd 'na ddim pwynt oedd 'na? Fyddai 'na ddim ateb. Doedden nhw ddim adra. A fyddai Caio ddim adra am wythnosau.

Hwn oedd y diwrnod o'n i wedi ei ofni ers misoedd. Caio oedd yr unig fab. Er bod Ben a finnau wedi trio am fabi am flynyddoedd ar ôl priodi, chawson ni ddim lwc o gwbwl. Roeddan ni wedi meddwl mai fel'na oedd pethau i fod, ac wedi prynu car MG bach newydd efo sêt i ddau. Yna mi wnes i ddarganfod 'mod i'n disgwyl babi. Pan wnaeth Caio gyrraedd i'r byd efo'i wallt melyn a'i lygaid hapus, roedd Ben a finnau ar ben ein digon. Ac er i ni drio am frawd neu chwaer fach i Caio, wnaeth hynny ddim digwydd. Caio oedd cannwyll ein llygad. A heddiw roedd y teulu wedi chwalu. Roedd Caio wedi gadael.

"Miaw!"

Roedd blwmin Dwynwen wrth fy nhraed eto, yn rhwbio yn erbyn fy nghoesau ac yn swnian i gael mynd allan. Â chroeso, meddyliais, ac agor y drws cefn iddi. Cerddodd allan yn llances i'r ardd. (Dyna rywbeth arall sy'n gas gen i am gathod. Sgynnyn nhw ddim ymdeimlad o greisys a tydyn nhw'n poeni dim am deimladau neb arall.)

Eisteddais wrth fwrdd y gegin fel robot, heb roi'r tegell

---

ar ben ein digon – *on top of the world (lit. on top of our enough)*
cannwyll ein llygad – *the apple of our eye (lit. candle of our eye)*
swnian – *to whinge*

'mlaen, heb fynd i nôl powlen o'r cwpwrdd i gael brecwast na dim. Ro'n i'n gallu gweld o'r gegin drwadd i'r cyntedd ac at y drws ffrynt.

Sylwais fod pob man yn daclus. Fel arfer, mae'n tŷ ni yn edrych fel tasai bom wedi glanio arno. Ond roedd heddiw'n wahanol: dim bagiau yn y cyntedd, dim esgidiau pêl-droed budur wrth droed y grisiau… Doedd dim cotiau a chrysau wedi cael eu taflu dros ochr y gadair yn y gegin… Dim platiau budron yn y sinc.

Yna sylwais ar yr un plât oedd wrth ymyl y sinc, ac un darn o dost wedi ei adael ar ôl arno. Edrychai mor unig.

Gadewais y gegin ar frys a dringo'n ôl i fyny'r grisiau, ac yna aros ar ôl cyrraedd y top. Roedd drws stafell wely Caio ar gau. Gan gymryd anadl fawr, agorais y drws, cerdded i mewn, ac eistedd ar ei wely. Am y tro cynta ers blynyddoedd, doedd 'na ddim llanast ar y llawr, roedd y bwrdd yn hollol glir o bapurau, y bin sbwriel yn wag. Ar y waliau edrychai wyneb Che Guevara i lawr arna i, fel tasai o'n dweud, "Wel? Pam ti'n gneud ffws? Dim ond wedi mynd i'r brifysgol mae o!"

Agorais y wardrob. Roedd ychydig o ddillad yn hongian yno, rhyw grysau T a chrysau chwys roedd o wedi eu gadael ar ôl. Edrychais ar un ohonyn nhw, un glas a FLORIDA KEYS wedi ei sgwennu ar draws y tu blaen. Gwyliau

cyntedd – *hallway*

budur (gog) = brwnt (de) – *dirty*

da oedd hwnnw. Gwyliau olaf y tri ohonan ni fel teulu? Efallai. Rhyfedd fod Caio ddim eisiau mynd â'r crys i gofio am y gwyliau hwnnw. Gafaelais yn y crys a'i dynnu ata i, a phlannu fy mhen ynddo. Ac oedd! Roedd arogl arbennig Caio yn cuddio yno. Caeais fy llygaid ac anadlu i mewn.

Canodd fy ffôn symudol ymhell yn rhywle, ond chymerais i ddim sylw. Fedrwn i ddim ei ateb, dim ond eistedd yno ar wely Caio heb symud, yn cuddio fy mhen yn ei grys.

---

plannu – *to bury (lit. to plant)*
arogl – *(a) smell*

2

Roedd hi tua hanner awr erbyn i mi fedru gadael stafell Caio a chau'r drws arno.

Camgymeriad oedd peidio â mynd efo'r ddau ohonyn nhw, meddyliais. Dylwn i fod wedi neidio i'r car a bod yno i ffarwelio wrth ddrws ei stafell yn y coleg. Y gwir oedd, ro'n i ofn y basai hynny'n waeth i bawb. Cytunodd Ben y basai hi'n well i mi aros adra a ffarwelio neithiwr gan y bydden nhw'n cychwyn yn gynnar. Ond do'n i ddim wedi disgwyl teimlo mor ofnadwy â hyn yn y tŷ gwag.

Roedd y ffôn ar y bwrdd bach yn y cyntedd yn fflachio i ddweud bod gen i neges.

Meic o'r gwaith oedd ar y ffôn. Roedd o wedi gadael ei neges fach fywiog arferol ar y peiriant ateb:

"Haia Lena! Ti'n iawn, boi? Problam efo heno. Rhian methu dŵad i mewn, fedri di neud ei shifft hi efo fi? Y rhaglen hwyr? Ffonia fi, ia? Ta-raaaa!"

Un da oedd Meic, ac roedd ei gwmni'n siŵr o wneud i mi deimlo'n well, meddyliais. Mi fasai o'n medru ennill gwobr drwy Gymru am siarad, ond roedd o'n medru bod yn ddistaw hefyd pan oedd raid. Ac roedd gwrandawyr yr orsaf radio fach leol wrth eu boddau efo fo, o weld y llythyrau oedd yn cyrraedd yr orsaf efo'i enw arnyn nhw! Llythyrau gan ferched dros eu saith deg oedd y rhan fwya ohonyn nhw, fel arfer. Roedd Meic yn gallu gwneud iddyn nhw deimlo'n ifanc eto, meddai un galwr unwaith, ac un arall yn dweud ei fod o'n 'donic'. Er bod gen i dros bymtheg mlynedd tan faswn i'n cyrraedd y saith deg, roedd Meic yn gallu gwneud i minnau deimlo'n well bob tro hefyd. Fel arfer...

Gweithio mewn ffatri gemegol leol o'n i ers ugain mlynedd, ac ro'n i wrth fy modd efo'r gwaith. Roedd cael gweithio mewn lle prysur a chael cyfarfod gwahanol bobol yn ddiddorol iawn. Ond roedd cwmni enfawr wedi prynu'r gwaith ryw flwyddyn yn ôl, ac roedden nhw eisiau lleihau'r nifer o bobol oedd yn gweithio yno. Daeth enw newydd, logo newydd, a llawer o wynebau newydd hefyd o'r ffatri arall yng Nghaer. Mi wnaeth llawer ohonan ni golli'n gwaith yno, llawer iawn yn staff efo lot o brofiad. Llawer iawn o staff dros hanner cant. Fel fi.

Ro'n i adra yn gwneud dim byd am tua dau fis, ac wedyn gwelais hysbyseb yn ffenest y siop bapur newydd yn dweud bod Radio'r Dref Wen yn chwilio am rywun i helpu ar y rhaglen hwyr ambell i noson. Doedd gen i ddim byd i'w golli, felly dyma fi'n gyrru e-bost a CV at enw'r person ar

gwrandawr, gwrandawyr – *listener,s*
galwr, galwyr – *caller,s*

waelod yr hysbyseb. A dyna ni! Meic oedd y person hwnnw, ac roedd hi'n amlwg bod y ddau ohonan ni'n mynd i yrru 'mlaen yn dda efo'n gilydd.

Ond doedd gen i ddim amynedd gweld unrhyw un heddiw. Ddim hyd yn oed Meic.

Anfonais neges yn ôl ato:

```
Dwi ddim yn teimlo'n grêt! Caio wedi
gadael heddiw! ☹ Oes rhywun arall?
```

Cefais neges yn ôl yn syth bìn.

```
Nag oes! Dwi'n desbret! Rhaid newid ☹ i
☺ felly! M x Plis?
```

Gwenais. Os oedd unrhyw un yn mynd i wneud i mi deimlo'n well heddiw, Meic oedd hwnnw. Sgwennais ateb yn ôl a'i yrru cyn i mi newid fy meddwl.

```
Iawn. Wela i di am 7. L x
```

A difaru'n syth.

---

mynd i yrru 'mlaen yn dda – *going to get on well*
syth bìn – *straight away*
difaru – *to regret*

3

Aeth gweddill y diwrnod heibio rhywsut. Mi wnes i 'ngorau i gadw'n brysur. Am unwaith, ro'n i eisiau i'r tŷ fod yn flêr fel 'mod i'n cael rhywbeth i'w wneud a'i dacluso! Pam oedd Ben wedi mynd i drafferth a thacluso'r lle!

Ro'n i'n cofio pan aeth Caio i ffwrdd i wersyll yr Urdd yng Nglan-llyn am benwythnos. Doedd y tŷ erioed wedi edrych yn lanach! Mae'n siŵr y basai seicolegydd yn cael modd i fyw efo fi!

Mi es allan i'r ardd i wneud tipyn bach o chwynnu, a thorri topiau'r blodau oedd wedi marw. Roedd hwn yn amser hyfryd o'r flwyddyn pan oedd y coed yn dechrau bwrw dail oren a melyn ar hyd y lle, fel carped. Ac eto, roedd 'na rywbeth trist am yr amser hefyd. Yn yr ardd, roedd gynnon ni flodyn piws o'r enw Ffarwél Haf achos roedd o'n blodeuo tua mis Medi. Ro'n i wastad yn teimlo bod yna harddwch a thristwch yn y blodyn hwnnw.

Roedd hi'n rhy wlyb i dorri'r glaswellt, gan ei bod wedi bwrw glaw yn ystod y nos. (Dim breuddwyd i gyd oedd y storm, felly!) Penderfynais fod y ffenestri yn edrych yn fudur, felly es i'r garej a nôl y bwced a'r sbwng er mwyn eu glanhau. Aeth tua awr a hanner arall heibio.

chwynnu – *to weed*

Erbyn hyn, roedd hi'n amser cinio, felly yn lle aros yn y tŷ gwag ar fy mhen fy hun, cerddais i'r dre a chael cinio mewn caffi. Archebais goffi Americano a thaten bôb efo ffa pob a chaws ar ei phen. Wnes i ddim sylweddoli tan ar ôl i mi archebu mai hoff fwyd Caio oedd hynna. Pa mor bathetig o'n i? Fe fyddai Caio'n chwerthin ar fy mhen!

Roedd hi'n deimlad od eistedd yno ar fy mhen fy hun, dweud y gwir, a phawb arall yn eistedd efo teulu neu ffrind neu ddau, neu yn brysur yn gwneud gwaith ar iPad. Fel hyn oedd hi'n mynd i fod o hyn ymlaen? Gan fod Ben yn gweithio oriau hir, a Caio i ffwrdd yn y coleg, fel hyn faswn i'n treulio fy niwrnodau? Ar fy mhen fy hun yn y tŷ neu'n treulio oriau'n crwydro drwy'r dre, yn eistedd mewn caffis wrth fwrdd i un? Roedd Jen fy ffrind yn dal i weithio o naw tan bump, felly doedd ganddi ddim llawer o amser i gyfarfod, dim ond ar benwythnosau neu gyda'r nos. Ac ro'n i'n gweithio yn yr orsaf radio am o leia pedair noson yr wythnos.

Penderfynais drio ffonio Caio, ond doedd dim ateb. Ella'i fod o wrthi yn cael trefn ar ei stafell newydd yn y neuadd breswyl, neu wedi mynd lawr i'r dafarn yn barod efo'i ffrindiau newydd. Roedd hi'n rhyfedd meddwl amdano mewn stafell ac mewn lle hollol newydd, a wynebau newydd yn rhan o'i fywyd. Ceisiais ffonio Ben wedyn, ond

archebu – *to order*
crwydro – *to wander*
neuadd breswyl – *hall of residence*

doedd o ddim ar gael chwaith. Ella'i fod yn gyrru adra, neu yn dal i helpu Caio i ddadbacio. Ysgrifennais neges destun i Ben, yn gofyn tua pryd fasai o adra ac yn dweud y byddwn i'n gwneud shifft brys efo Meic.

Ar ôl talu yn y caffi, galwais yn siop y cigydd a phrynu digon o gig i'w roi yn y rhewgell, ac yna prynais fara. Galwais yn yr archfarchnad fach wedyn a phrynu llysiau a ffrwythau. Wnes i ddim cofio 'mod i wedi gadael y car adra, felly roedd rhaid i mi gario'r bagiau i gyd yr holl ffordd yn ôl i'r tŷ.

Ro'n i'n teimlo dipyn bach yn well ar ôl gwagio'r bagiau a llenwi'r rhewgell a'r bowlen ffrwythau. (Does dim byd gwaeth na rhewgell wag!) Dim ond ar ôl eistedd i lawr wnes i feddwl sut oedd Ben a fi yn mynd i fwyta'r holl bethau, dim ond y ddau ohonan ni.

Yna clywais sŵn crafu ar y drws gwydr oedd yn arwain at yr ardd. Edrychai Dwynwen y gath arna i'n druenus, yn amlwg eisiau dŵad i mewn o'r oerni a chael byw fel brenhines ar y soffa.

Codais a gadael y gegin heb agor y drws iddi.

Ond erbyn i mi gyrraedd y lolfa, ro'n i wedi newid fy meddwl ac wedi troi'n ôl ac agor y drws. Roedd hyd yn oed cwmni Dwynwen yn well na dim!

dadbacio – *to unpack*
crafu – *to scratch*
truenus – *forlorn*

4

Cyrhaeddais safle Radio'r Dref Wen yn gynnar. Roedd digon o lefydd yn y maes parcio, gan fod y rhan fwya o'r staff dydd wedi mynd adra erbyn hyn. Dim ond llond llaw o bobol oedd o gwmpas ar gyfer y rhaglen hwyr gyda'r nos. Sylwais fod car Meic yno'n barod, ond roedd ganddo fwy o bethau i'w trefnu na fi.

Arhosais yn y car am tua deg munud a thrio rhif ffôn Caio eto. Y tro yma, ces ateb. Dechreuodd fy nghalon guro fel taswn i'n siarad â rhywun diarth, nid efo fy mab fy hun!

"Caio? Mam sy 'ma."

"Haia Mam, 'dach chi'n iawn?"

Roedd pob dim mor normal, fel tasai o i lawr y lôn.

"'Dach chi wedi cyrraedd felly? Dwi 'di bod yn trio ffonio ers…"

"Sori? Mam? Sori, dwi'm yn medru clywed yn dda iawn!"

Roedd yna sŵn miwsig uchel yn y cefndir, a ro'n i'n meddwl 'mod i'n clywed sŵn pobol yn siarad ac yn chwerthin.

diarth (gog) = dierth (de) – *strange*

"Deud o'n i 'mod i wedi bod yn trio…" Penderfynais droi'r sgwrs. "Dim ond isio gwbod bo chdi'n iawn dwi. Ti wedi dadbacio pob dim? Ydy'r stafell yn neis? Ti wedi cyfarfod pobol newydd…?"

Saib. Yna:

"Be…? Sori? Dwi ddim yn medru… Mam, wna i drio ffonio chi fory, iawn? Dwi ym mar yr Undeb a dwi ddim yn medru clywed gair 'dach chi'n ddeud, bron iawn. (SAIB ARALL) Siaradwch efo Dad, gewch chi'r hanes ganddo, iawn? Ylwch, ma raid i mi fynd. Ta-ra!"

"Iawn, Caio… Bydd… bydda'n ofal… us." Ond roedd Caio wedi diffodd y ffôn. "Bydda'n ofalus," medda fi eto, wrth y car gwag.

Roedd yna hogan ifanc wrth y dderbynfa pan gerddais i mewn. Roedd hi'n gwisgo du o'i chorun i'w sawdl, ac roedd ganddi golur yn dew o amgylch ei llygaid a minlliw piws ar ei gwefusau.

"Helô, ga i'ch helpu chi?" meddai'r Goth glên.

"Dwi'n gweithio ar y rhaglen efo Meic. Lena Richards," meddai fi, gan estyn fy llaw. "'Dach chi'n newydd yma?"

Undeb – *Union*

diffodd – *switch off*

y dderbynfa – *the reception (area)*

o'i chorun i'w sawdl – *from head to toe (lit. from the top of the crown to the heel)*

minlliw – *lipstick*

"Yndw, wedi dechra ers neithiwr. Seren. Seren Smith," meddai, a gwenu'n serennog ac estyn llaw ata i. Sylwais ar y fodrwy penglog yn sgleinio ar ei bys canol. "Dwi'n dechra dŵad i nabod pawb yn ara deg."

"Dwi'n siŵr fyddwch chi'n hapus iawn yma, Seren."

"Newydd orffen yn Ysgol Glan Menai dwi. Do'n i ddim eisiau mynd i'r coleg, dwi'n gobeithio gweithio fy ffordd i fyny yn fan'ma. Dwi wastad wedi bod isio gweithio i orsaf radio!" meddai'n fywiog.

"Syniad da iawn, Seren. Sdim rhaid i bawb fynd ffwrdd i'r coleg oes 'na?"

Do'n i ddim eisiau siarad mwy efo hi heno, er ei bod yn glên iawn. Do'n i ddim eisiau meddwl pa mor braf fasai hi tasai Caio hefyd isio aros adra yn lle mynd i'r coleg!

Ffarweliais â Seren a cherdded i fyny'r grisiau tuag at y swyddfa drws nesa i'r stiwdio recordio, y swyddfa lle fyddai Meic a finnau'n paratoi 'chydig cyn mynd ar yr awyr.

Roedd Meic yn syllu ar sgrin y cyfrifiadur pan es i mewn. Cododd ei ben, gwenu a dŵad ata i yn syth, gan roi cwtsh mawr i mi.

"Iawn, mêt?" gofynnodd.

Do'n i ddim wedi meddwl y basai'r dagrau'n llenwi fy llygaid. Ro'n i'n iawn, wedi crwydro o gwmpas y tŷ a'r dre fel dipyn bach o *zombie* ella, ond ro'n i'n tsiampion. Tan yr hyg gan Meic, a'r "iawn, mêt" bach annwyl ganddo.

penglog – *skull*

Rhoddodd Meic gyfle i mi ddŵad ataf fy hun am ychydig funudau, ac yna aeth i nôl hances i mi.

"Yli, jest i chdi gael dallt, Lena, gei di ryw ddwy hances am ddim gin i, ond os ti'n defnyddio mwy, bydd rhaid i mi ei dynnu o allan o dy gyflog di, iawn?"

Chwarddais drwy'r dagrau.

"Be dwi'n mynd i'w neud, Meic? Hebddo fo!"

"Dŵad i ben. Ymdopi."

"Digon hawdd i chdi ddeud!"

"A finna'n hen foi bach trist heb ddim plant, ti'n feddwl? Diolch!"

Edrychais i fyny ar Meic ond doedd o ddim wedi cael ei frifo go iawn. Rhoddais bwniad chwareus i'w fraich.

"Ti'n dallt be dwi'n feddwl, Meic! Dwi jest methu meddwl fod o 'di mynd. 'Mod i ddim yn mynd i'w weld o'n y tŷ am... am wythnosau!"

"Dim dillad budron, dim aros i fyny yn disgwyl iddo fo ddŵad adra o ryw barti, dim gorfod ei lusgo fo allan o'i wely er mwyn dal y bws ysgol... A ti'n crio?!"

Chwarddais eto. Roedd Meic yn gwneud i mi deimlo'n well yn barod.

"A mi fyddi di a Ben yn cael cyfle i fod yn gwpwl eto, yn gariadon, ddim jest yn fam a thad a gyrwyr tacsi."

Tynnais yn ôl, heb ei ateb.

"Reit, gobeithio fydd 'na lot o bobol yn ffonio mewn

---

dŵad i ben (gog) = dod i ben (de) – *to get through it*

heno 'ma, 'de Meic. Dwi'n bwriadu cadw mor brysur â phosib, iawn?"

Gwenodd Meic.

"Ma hynna'n well. Gei di ddechra drwy eistedd yn fanna a mynd drwy'r rhestr o ganeuon sgen i ar gyfer heno i weld be ti'n feddwl. Mi wna i banad i ni."

Aeth gweddill y noson yn iawn, efo nifer dda o bobol yn ffonio i mewn i siarad. Y pwnc oedd 'Yr hydref – ydach chi'n ei groesawu ai peidio?' Roedd yn bwnc difyr, efo digon o gyfle i bobol siarad am bethau gwahanol.

Ffoniodd Jac o Fangor i ddweud ei fod o'n licio'r ffaith ei bod yn nosi'n gynnar, er mwyn iddo gael cyfle i ddarllen o flaen tân mawr braf. Ffoniodd Ffion o Bontypridd i ddweud ei bod hi wrth ei bodd yn cadw ei dillad haf mewn cist fawr a thynnu allan siwmperi'r gaeaf. Ffoniodd athrawes i gwyno am y siopau oedd yn rhoi arwyddion ''Nôl i'r ysgol', a hynny cyn diwedd Gorffennaf. Roedd y peth yn warthus, meddai. Daeth un alwad gan rywun oedd eisiau defnyddio enw ffug ('Frank'). Dywedodd fod yn gas ganddo'r hydref a misoedd y gaeaf, a'i fod yn mynd yn ddigalon iawn oherwydd bod 'na lai o olau dydd.

Gwrandawodd Meic ar bob un gan siarad pan oedd angen, yn tynnu coes ambell un ac yn cynnig cyngor a chefnogaeth i eraill.

gwarthus – *despicable*

Erbyn i'r rhaglen orffen am 11 o'r gloch, ro'n i'n wên o glust i glust, ac yn edrych ymlaen at fynd yn ôl adra at Ben a chlywed am Caio.

5

Roedd y tŷ yn dywyll pan gyrhaeddais i adra. Dechreuais i boeni'n syth. Dylai Ben fod wedi dŵad yn ôl erbyn hyn! Rhyw bedair awr oedd y siwrne o'r brifysgol yng Nghaerlŷr, yn ôl y we, ac ella pum awr os oedd Ben wedi stopio am rywbeth i'w fwyta ar y ffordd yn ôl. Dylai o fod adra ers oriau, felly!

Cyn camu allan o'r car, edrychais ar fy ffôn symudol eto. Na, doedd 'na ddim neges gan Ben yn dweud ei fod o wedi penderfynu aros yn rhywle am ei fod wedi blino neu rywbeth felly, dim neges yn sôn am draffig, cawod o eira annisgwyl, daeargryn, dim byd!

Er 'mod i'n poeni, roedd y pedair awr yng nghwmni Meic wedi gwneud i mi deimlo dipyn bach gwell am Caio yn mynd i ffwrdd. Dechreuais hymian un o'r caneuon yr oeddem wedi ei chwarae ar y rhaglen wrth wthio'r goriad i mewn i'r twll clo. 'Yma o Hyd' gan Dafydd Iwan oedd hi, un o fy hoff ganeuon yn y byd. Cân i roi nerth.

Es i mewn i'r lolfa i tsiecio'r ffôn un waith eto cyn mynd

Caerlŷr – *Leicester*

twll clo – *keyhole*

am y gwely, rhoi'r golau ymlaen a rhewi.

Dyna lle oedd Ben yn eistedd yn ei sêt arferol, yn gafael mewn clustog ac yn syllu o'i flaen. Roedd ei gôt amdano o hyd. Cymerodd ychydig eiliadau iddo sylweddoli bod y golau wedi dod ymlaen, a 'mod i'n sefyll yno uwch ei ben.

"O, ti adra!" meddai fo, a gwenu'n wan.

"A titha adra!" meddwn. "Ac yn eistedd yn y tywyllwch! Ti'n iawn?"

Edrychodd arna i fel petai o ddim wedi deall y cwestiwn yn iawn.

"Y… ym… Mae'n amsar gwely, ma'n siŵr, felly, tydy? Dwi am fynd fyny, 'ta."

Safodd ar ei draed, a thynnu ei gôt, fel tasai pob dim yn normal.

"Ben?" Do'n i ddim yn medru credu ei fod o'n ymddwyn mor od. O'n i eisiau dweud: "Ers faint ti'n eistedd yna yn y tywyllwch! Pam wnest ti ddim ffonio fi i ddeud bod chdi ar dy ffordd, neu i ddeud bo chdi wedi cyrraedd adra! Dwi isio sgwrsio efo chdi! Ti'm yn dallt? Dwi isio gwbod pob dim, am stafell Caio, am sut hwyl oedd arno fo pan wnest ti ffarwelio, am…"

Ro'n i eisiau dweud hynna i gyd. Ond wnes i ddim. Y cwbwl ddywedais i oedd:

"Iawn, fydda i fyny yn munud."

A dyna ni!

Wrth i mi wrando ar Ben yn mynd i fyny'r grisiau, cofiais am be oedd Meic wedi'i ddweud: "Mi fyddi di a Ben yn cael cyfle i fod yn gwpwl eto, yn gariadon."

Daeth Dwynwen y gath i mewn i'r stafell, wedi ei deffro gan fy sŵn i'n cyrraedd adra a'r sgwrs wedyn, mae'n siŵr.

"A gei di gau dy geg i ddechra!" medda fi yn flin wrth y gath, gan symud at waelod y grisiau a dechrau dringo.

6

Wnes i ddim cysgu'n dda iawn y noson honno. Roedd Ben yn troi a throsi drwy'r nos, a phan agorais i fy llygaid i edrych arno unwaith, roedd o'n hollol effro ac yn syllu ar y to. Ddywedais i ddim byd.

Penderfynais wneud brecwast neis i'r ddau ohonan ni y bore wedyn, er mwyn trio codi calon Ben. Fel arfer, dim ond creision ŷd a phanad sydyn oeddan ni'n ei gael, ond roedd Ben wrth ei fodd efo bacwn ac wy a bara saim pan oedd o'n cael cyfle i'w mwynhau.

Pan ddaeth Ben i lawr y grisiau, roedd golwg ofnadwy arno, gyda bagiau duon o dan ei lygaid a'i groen yn llwyd. Doedd o ddim wedi cysgu winc, o edrych arno. Ond roedd y bwrdd brecwast yn y gegin yn edrych yn arbennig, fel bwrdd mewn gwesty crand!

Ond wnaeth Ben ddim sylwi. Ddwedodd o ddim gair, dim ond eistedd wrth y bwrdd a thywallt te o'r tebot iddo fo'i hun.

troi a throsi – *to toss and turn*
bara saim – *fried bread*
tywallt (gog) = arllwys (de) – *to pour*

"Tybed sut gysgodd Caio neithiwr?" gofynnais yn ofalus.
"Gwell na chdi a fi, gobeithio!"

Gwnaeth Ben ryw sŵn yn ei wddw, ond ddwedodd o ddim byd.

"Sut wely sgynno fo, 'ta? Sut stafell? Ydy hi'n fawr? Sgynno fo ddigon o le? Ydy'r neuadd breswyl yn agos at lle fydd y darlithoedd…?"

Trawodd Ben y bwrdd efo'i law nes oedd y lle yn crynu. Eisteddodd y ddau ohonan ni heb ddweud gair.

"S… sori! Sori, Lena! Wnei di stopio? Plis wnei di jest…"

"Dwi'n dallt," meddwn, ond do'n i ddim yn siŵr 'mod i'n dallt o gwbwl. "Yli, Ben. Ma hyn… yn mynd i fod yn… anodd. I'r dau ohonan ni. Rydan ni wedi arfer ei gael o yma… Ond… beth am i ni fynd allan heno? Dwi'm isio aros yn y tŷ distaw 'ma. Awn ni allan, ia? Fel yr hen amsar. Jest ti a fi?"

"Fedra i ddim. Sori."

"O! Ond o'n i'n meddwl ella…"

"Heno. Fedra i ddim dŵad allan efo chdi heno. Ma gin i… gyfarfod."

"Heno? Ond pa gyfarfod sgen ti?"

Ond atebodd o mohona i, dim ond troi'r stori.

"Oes 'na fwy o de yn y pot? A mae 'na ogla da iawn ar

---

crynu – *to shake*

troi'r stori – *to change the subject*

PROPERTY OF MERTHYR TYDFIL PUBLIC LIBRARIES

y bacwn 'na! Fydd rhaid i ti fod yn ofalus neu fydda i'n dechra mynd yn dew!"

Fe fwyton ni weddill y brecwast fel tasai'r ffrae fach erioed wedi digwydd, fel tasai pob dim yn siort orau!

Aeth Ben allan ganol y bore. Roedd ganddo ddiwrnod i ffwrdd o'r gwaith beth bynnag, ac o'n i 'di meddwl y basai'r ddau ohonan ni'n medru mynd i'r dre neu fynd am dro ar hyd y traeth efo'n gilydd. Ond ar ôl ei ymateb amser brecwast, do'n i ddim yn mynd i awgrymu'r fath beth.

Dwn i'm pam ffonais i Mags. Roedd Mags yn arfer gweithio yn yr un cwmni â fi ond roedd hi wedi ymddeol ers tua deng mlynedd. Fasach chi byth yn medru dweud ei bod hi'n hŷn na fi, roedd hi'n edrych yn ifanc ac yn andros o gês. Person perffaith i godi calon, felly – mae'n siŵr mai dyna pam wnes i ffonio!

"Sut wyt ti ers oesoedd? Braf clywed dy lais di, Lena," meddai Mags yn glên.

"Ti isio cyfarfod am ginio i ni gael sgwrs? Dal fyny efo pob dim?" gofynnais.

"Fedra i ddim heddiw, dwi'n peintio tu allan i'r tŷ," meddai Mags (ddywedais i ei bod hi'n llawn egni, do?).

"Heno, 'ta?"

"Sori. Dwi allan heno."

"O!"

---

siort orau – *tickety boo!*

Mae'n rhaid bod Mags wedi sylwi ar y tinc siomedig yn fy llais, oherwydd wedyn meddai,

"Pam wnei di ddim dŵad efo fi heno?"

"I le ti'n mynd?"

"Dwi wedi dechra dosbarth dawnsio llinell ers i mi ymddeol, a 'dan ni'n cyfarfod bob nos Fawrth. Ty'd draw! Ma croeso mawr i chdi! Ella bod o jest y peth i... godi dy galon di?"

Roedd Mags yn fy nabod i'n rhy dda.

Dechreuais ateb "Na, dim diolch" ond torrodd Mags ar fy nhraws cyn i mi gael cyfle.

"A chyn i ti ddeud 'NA', beth am i ti roi cyfle arni? Sdim rhaid i ti ddŵad ar ôl heno os ti ddim yn licio fo, ond o leia mi fyddi di wedi rhoi tro arni, byddi? Be sgen ti i'w golli?"

"Wel..."

"Grêt! Dyna hynna wedi'i setlo. Biga i chdi fyny am 7, iawn?"

"Wel... y... Iawn... y..."

"Twdlŵ!"

A diffoddodd Mags y ffôn, cyn i mi gael cyfle i newid fy meddwl!

tinc siomedig – *disappointed tone*
biga i chdi fyny – *I'll pick you up*

7

Treuliais weddill y diwrnod yn cicio fy sodlau ac yn difaru
'mod i wedi cytuno i fynd efo Mags y noson honno. Dawnsio
llinell? Fi? Dwi'n eitha licio miwsig canu gwlad pan dwi'n
ei glywed ar y radio. Mae pobol fel John ac Alun a Wil Tân
yn canu caneuon gwlad yn Gymraeg a dwi'n eitha hoff o
Kenny Rogers a Dolly Parton ac ati yn Saesneg. Ond dwi
erioed wedi meddwl amdanaf fi fy hun fel 'ffan', nac fel
rhywun fasai'n mwynhau mynd i ganol neuadd o bobol
i wneud yr un ddawns efo'n gilydd! Dweud y gwir, mae'n
gas gen i ddawnsio yn gyffredinol, ac mae gan Dwynwen y
gath fwy o rythm na fi, dwi'n siŵr!

Cefais wy ar dost i ginio, ac wrth fwyta ar fy mhen fy
hun, dyma fi'n meddwl mor unig ydy un wy ar blât. Bu
Caio adra ers iddo orffen ei arholiadau Lefel A ganol mis
Mehefin, felly roedd hi'n teimlo'n rhyfedd iawn heb ei
gwmni erbyn hyn. Edrychai'r gadair lle arferai eistedd yn
wag iawn, iawn.

Bydd llond gwlad o bobol yn gwmni i mi heno,
meddyliais! Ond doedd hynny ddim yn gwneud i mi

---

sawdl, sodlau – *heel,s*

deimlo llawer gwell chwaith!

Roedd trio penderfynu be o'n i'n mynd i'w wisgo i'r dosbarth yn antur ynddo'i hun! Dylwn fod wedi gofyn i Mags, fel o'n 'n arfer ei wneud pan o'n i'n mynd i ddisgos ers talwm. Yn y diwedd, dewisais wisgo pâr o legins a chrys T. Ysbrydoledig iawn, meddyliais, ond do'n i ddim eisiau tynnu sylw.

Penderfynais wrando ar y radio wedyn, ond doedd 'na ddim sôn am John nac Alun. Na Wil Tân chwaith. Tasai gen i albwm o ganeuon gwlad, meddyliais... Ac yna cefais syniad.

Anfonais neges at Meic:

```
Pa ganeuon gwlad sy'n dda?
```

Daeth yr ateb yn syth:

```
Pam?
```

Dechreuais deipio'r gwir – "dwi'n mynd i ddosbarth dawnsio llinell..." – ond newidiais fy meddwl a'i ddileu, gan sgwennu rhywbeth arall yn ei le.

---

ysbrydoledig – *inspired*

tynnu sylw – *to attract attention*

dileu – *to delete*

Canu gwlad yn codi calon?

Dim ond wyneb wedi drysu ges i'n ôl gan Meic wedyn.

???
☹

Doedd dim golwg o Ben drwy'r dydd, felly mi wnes i sgwennu nodyn bach iddo fo yn egluro lle o'n i'n mynd:

Wedi mynd i ddosbarth dawnsio. Dwi ddim wedi bwydo Dwynwen, bydd rhaid i ti neud.

Yna, ychwanegais:

Plis. Dwi ddim yn siŵr pryd fydda i adra. Mae digon o fwyd yn y rhewgell. Lena x

Oedd y nodyn yn rhy ffwr-bwt? Oedd, mae'n siŵr. Ond doedd gen i ddim llawer o amynedd efo Ben a'i ymddygiad od ar hyn o bryd.

Am chwarter i saith, clywais gorn car Mags a gadewais y tŷ.

wedi drysu – *confused*
ffwr-bwt – *terse*
ymddygiad – *behaviour*

Roedd Mags yn wên o glust i glust pan agorais ddrws y car.

"Barod am dipyn o hwyl?" meddai.

Roedd hi wedi gwisgo'n addas iawn. Roedd ganddi jîns a chrys sgwariau, a gwisgai het Stetson ar ei phen. Edrychais i lawr ar fy nghrys T a'm legins a theimlo 'mod i eisiau neidio allan o'r car a rhedeg yn ôl i'r tŷ.

"Yli, Mags, dwn i'm dwi'n…"

"Rhy hwyr rŵan! Ty'd yn dy flaen!"

Gwenais yn ôl mor ddewr ag y medrwn i.

dewr – *brave*

8

Roedd y maes parcio yn llawn pan gyrhaeddon ni neuadd y pentref. Dechreuais deimlo'n nerfus, yn nerfus iawn! Do'n i'n nabod neb ond Mags, a be tasai pawb arall yn dawnsio'n ffantastig ac yn chwerthin ar fy mhen?

"Barod? Fyddi di'n grêt, gei di weld!" meddai Mags. "Ro'n inna'n nerfus y tro cynta hefyd!"

Ceisiais wenu yn ôl arni. Do'n i ddim yn medru dychmygu Mags yn teimlo mor ofnadwy o nerfus â fi y foment honno.

Roedd y neuadd yn edrych fel set ffilm deledu Americanaidd, a phawb wedi gwisgo fel rhywun o'r Gorllewin Gwyllt! Roedd y merched yn gwisgo un ai sgertiau mawr blodeuog oedd yn chwipio pan oedden nhw'n cerdded, neu jîns a chrys tsiec fel y dynion. Roedd y rhan fwya o'r dynion yn gwisgo het Stetson a bŵts cowboi fel tasan nhw newydd neidio oddi ar geffyl.

Ro'n i'n teimlo fel cerdded allan yn syth a rhedeg yr holl ffordd adra! Fel hyn yn union o'n i'n teimlo pan o'n i'n

dychmygu – *to imagine*
y Gorllewin Gwyllt – *the Wild West*

bymtheg oed a newydd ddechrau ysgol newydd ynghanol blwyddyn; roedd pawb arall yn nabod ei gilydd a neb yn fy nabod i.

"Lena!"

"Y… ia, sori?"

"Be ti isio i yfed? Dwi wedi gofyn i ti dair gwaith!" meddai Mags, ond roedd hi'n dal i wenu.

"Fodca a leim, plis!" atebais ("un mawr!" meddai'r llais bach yn fy mhen!). Aeth Mags draw at y bar i archebu, gan fy ngadael i ar fy mhen fy hun.

Daeth dyn efo het Stetson ata i'n syth, a gafael yn fy llaw gan fy nhynnu at y llawr dawnsio. Roedd ganddo ffrinj ddu ar draws brest ei grys tsiec du a gwyn. Dyna'r unig beth sylwais i arno!

"Hank dwi! Wel, Hank dwi ar nos Iau, beth bynnag!" meddai gyda winc. "Huw bob noson arall!"

Roedd o'n bendant yn edrych yn fwy o Hank nag o Huw heno.

"Lena dwi… a dwi 'rioed 'di… dawnsio… Dwi ddim yn siŵr be dwi fod i neud…" Dechreuais esbonio 'mod i angen mwy o wersi.

"Fel hyn ti'n dysgu! Wna i dy helpu di! Jest dilyn be ma Ruby yn neud yn y tu blaen. Fyddi di'n iawn!" meddai fo.

Roedd 'na ddynes yn ei chwedegau yn sefyll o'n blaenau ni. Hon oedd Ruby, mae'n rhaid, meddyliais.

dilyn – *to follow*

Chwara teg, roedd hi'n edrych yn ffit, a'i gwallt yn dal yn ddu ac yn gyrliog, a minlliw fflamgoch ar ei gwefusau. Roedd ganddi gyrn clustiau a meicroffon bach yn arwain at ei cheg.

"Ydy pawb yn medru 'nghlywed i?" gofynnodd.

"Nac ydan!" gwaeddodd rhyw gês o'r cefn, a chwarddodd pawb ar yr hen jôc.

"Dwi isio croesawu pawb yma heno i ddosbarth cynta'r tymor newydd!"

Gwaeddodd rhywun hwrê, a dechreuodd ambell un glapio.

"Croeso arbennig i Lena, sy'n dechra am y tro cynta heno. Lle mae Lena?"

"Dyma hi!" gwaeddodd Hank ar dop ei lais, gan bwyntio ata i a gwenu.

Es i'n binc, yn biws ac yna'n goch! Mi faswn i wedi medru ei dagu!

Dechreuodd pawb glapio eto a throdd pobol ac edrych arna i, gan wenu.

"Reit, 'dan ni'n mynd i ddechra efo hen ffefryn, y Cupid Shuffle! Gobeithio bod ni i gyd yn teimlo'n gariadus heno, yndan? I ni gael mynd mewn i'r mŵd!" meddai, a chlapiodd

---

corn clust, cyrn clustiau – *headphone,s*

yn arwain at – *leading to*

mi faswn i wedi medru ei dagu (gog) = baswn i wedi gallu ei dagu (de) – *I could have throttled him*

rhywun arall yn rhywle, ond wnes i ddim troi fy mhen i edrych. Ro'n i'n rhy brysur yn trio stopio cochi, fel rhyw hogan ysgol.

"Reit, jest i wneud yn siŵr bod pawb yn cofio: 'dan ni'n symud wyth cam i'r chwith…"

Camodd Ruby i'r chwith, a dechreuodd ambell un arall wneud yr un fath. Sefyll ac edrych arni wnes i.

"Ac wyth cam i'r dde."

Symudodd Ruby wyth cam i'r dde.

"Tapio wyth gwaith, efo blaen eich troed ac yna efo'ch sawdl… un, dau, tri, pedwar…"

Gwnaeth ambell un yr un fath.

"Ac yna trowch chwarter tro i'r chwith fel bo chi'n wynebu wal newydd. Iawn? Pawb yn hapus?"

Edrychodd Ruby ar wynebau pawb. Gwenais arni. Doedd hyn ddim yn rhy ddrwg!

"Iawn!" meddai Ruby, "wnawn ni drio hwnna efo miwsig rŵan, ia? Barod? Un, dau, tri a…"

Wel, mi wnes i drio 'ngorau glas. Roedd trio symud yn gywir i'r miwsig yn llawer, llawer anoddach. Ac o'n i'n gwneud yn iawn tan y chwarter tro i'r chwith yna, pan wnes i gymysgu rhwng y chwith a'r dde a ffendio fy hun yn wynebu'r ffordd anghywir i gymharu efo pawb arall!

Roedd Huw (sori, Hank!) yn glên iawn, chwara teg, ac

---

cymysgu – *to mix up/get confused*

yn dweud ei fod wedi gwneud pethau gwaeth na hynny yn ei ddosbarth cyntaf o.

Mi wnaethon ni ddawns wedyn lle roedd rhaid tapio a shyfflo a cherdded 'mlaen a chlapio. Roedd yn rhaid i chi ganolbwyntio gant y cant, neu mi fasech chi mewn trwbwl. Wnes i ddarganfod hynny'n fuan iawn!

Ar ôl tair dawns arall, ro'n i'n falch o ymddiheuro i Hank a dweud 'mod i'n mynd i chwilio am Mags. Do'n i ddim wedi ei gweld hi ers i mi gael fy llusgo i'r llawr gan Hank.

Roedd hi'n sefyll wrth y bar yn siarad efo cwpwl arall. Roedd y ddynes yn gwisgo bandana plu a sgert hir goch. Cowboi oedd y dyn, o'i gorun i'w sawdl. Gwenodd Mags arna i a fy nghyflwyno i'r ddau.

Llawfeddyg oedd y ddynes yn yr ysbyty yn y dre, ac roedd y dyn yn gweithio i'r Llywodraeth. Ceisiais beidio â gwenu wrth edrych ar y ddau, a thrio peidio eu dychmygu nhw'n mynd i'r gwaith wedi gwisgo fel'na. Ro'n i'n medru gweld yr apêl o ddŵad i ddosbarth fel hyn, a chael dianc oddi wrth fywyd pob dydd. Cael bod yn Hank neu'n Ruby neu'n gowboi am noson, a dim byd yn eich poeni ond symudiadau'r ddawns.

Daeth cân o'r enw 'The Watermelon Crawl' ymlaen a dechreuodd Mags gyffroi.

"Ty'd, Lena! Ma hon yn wych!" meddai.

"Wna i edrych ar bawb arall ac yfed fy niod tro 'ma,"

meddwn, gan gymryd dracht go dda o'r fodca a leim. Wow! Roedd o'n gry!

"Llowcia hi'n reit sydyn, wir! Ty'd!" meddai Mags, ac yn sydyn, dyna lle o'n i, yn sefyll ar y llawr dawnsio am yr ail waith mewn pum munud. Ro'n i wedi llowcio'r ddiod yn rhy sydyn, ac roedd fy mhen yn dechrau troi. Dechreuodd llais Ruby swnio'n bell, bell i ffwrdd…

dracht – *big sip*

llowcia (gog) = yfa (de) – *gulp that down*

9

Deffrais y bore wedyn a fy mhen i'n curo. Ro'n i'n teimlo'n ofnadwy. Yn waeth nag ofnadwy! Os oedd hynny'n bosib!

Yn araf bach, dechreuais gofio be oedd wedi digwydd yn y dosbarth dawnsio llinell neithiwr. Ar Mags oedd y bai yn rhoi fodca dwbwl i mi, i ddechrau! Roedd hynny, a'r holl droi a shyfflo a stepio wedi cael effaith anffodus ar fy mhen a fy stumog. Aeth pob dawns yn anoddach ac anoddach wrth i'r noson fynd yn ei blaen, ac ro'n i'n teimlo'n fwy a mwy meddw! Aeth pethau o ddrwg i waeth. Os oedd pawb arall yn symud i'r chwith, ro'n i'n symud i'r dde. Os oedd pawb arall yn wynebu'r wal yn y cefn, ro'n i'n wynebu'r wal arall. Os oedd pawb arall yn symud ymlaen chwe cham, ro'n i'n symud yn ôl ac yn taro i mewn i bawb. Roedd hi'n llanast llwyr!

Ac yna cofiais am y diweddglo erchyll i'r noson. Ro'n i wedi troi yn rhy sydyn, ac roedd fy sawdl wedi dal ar

meddw (de) = chwil (gog) – drunk
llanast llwyr (gog) = annibendod llwyr (de) – *total chaos*
diweddglo – *ending*
erchyll – *ofnadwy*

sbardun rhyw ddyn tal, tenau. A dyna ni! Cyn i mi wybod be oedd wedi digwydd, ro'n i wedi syrthio fel crempog ar lawr. Am gywilydd!

Be fasai Caio yn feddwl ohona i yn gwneud y fath sioe? Yna cofiais yn sydyn fod Caio i ffwrdd, y byddai o i ffwrdd am dri mis. Do'n i ddim am fedru siarad yn iawn efo fo, fel oedden ni'n arfer siarad efo'n gilydd, tan Dolig. Tynnais y dwfe yn ôl dros fy mhen a griddfan. Roedd bywyd yn boen!

Ar ôl aros dan y dwfe am hanner awr arall, penderfynais y byddai'n well i mi godi a chael rhywbeth i'w fwyta. Roedd fy mol yn dal i deimlo fel taswn i ar long mewn storm, ac ella y byddai tost sych a phanad o de yn help.

Doedd dim golwg o Ben chwaith. Edrychais ar y cloc. Roedd hi'n un ar ddeg o'r gloch! Roedd Ben wedi mynd i'r gwaith ers oriau, a finnau wedi methu deffro i ddweud bore da wrtho fo na dim.

Sylwais ar y nodyn wrth ymyl fy nghloc larwm:

Wedi mynd i'r gwaith. Roeddet ti'n chwyrnu, felly wnes i gysgu yn llofft Caio.

Ben x

---

sbardun – *spur*

crempog (gog) = pancos (de) – *pancake*

am gywilydd! – *what an embarrassment!*

griddfan – *to groan*

Fel hyn oedd Ben a finnau'n cyfathrebu erbyn hyn? Drwy negeseuon? O leia roedd o wedi rhoi cusan ar ddiwedd y neges. Wnaeth o feddwl am amser hir cyn gwneud hynny? Ro'n i'n dechrau hel meddyliau yn y gwely 'ma. Byddai'n rhaid i mi godi.

Wrth lwc, doedd dim rhaid i mi wneud dim tan heno pan oedd gen i shifft yn yr orsaf radio unwaith eto. Felly mi wnes i dost a phanad, agor y drws i Dwynwen fynd allan i'r ardd, ac yna gorwedd ar y soffa yn edrych ar y teledu yn ystod y dydd, rhywbeth ro'n i wedi addo i mi fy hun na fyddwn i'n ei wneud ar ôl ymddeol!

Ro'n i'n teimlo dipyn bach gwell erbyn i mi fynd allan o'r tŷ ddiwedd y pnawn a mynd am dro bach rownd y bloc i glirio 'mhen. Wnes i hyd yn oed yrru neges destun at Caio, a chael un yn ôl bron yn syth. Roedd o wedi bod yn ei ddarlith gyntaf ac yn holi a ddylai roi'r nionyn i mewn gynta ynta'n olaf i wneud bolognese! Dylwn i fod wedi rhoi gwers neu ddwy iddo dros yr haf, meddyliais.

Cerddais i mewn i adeilad Radio'r Dref Wen. Roedd Seren Smith yn serennu eto, yn wên o glust i glust a'i dannedd gwyn yn sgleinio yn erbyn ei lipstic du.

---

gorwedd – *to lie down*

darlith – *lecture*

nionyn (gog) = wynwnsyn (de) – *onion*

serennu – *to sparkle (like a star)*

"Sut ma Lena heno? 'Dach chi'n edrych yn neis!" meddai.

Ella 'mod i'n edrych yn debyg i Goth, a dyna pam oedd hi'n dweud y fath beth, meddyliais.

"Dwi wedi blino braidd, ond dwi'n iawn. Sut wyt ti?"

"Dwi'n ffab, diolch am ofyn. Ma Meic yn disgwyl amdanach chi!" meddai dan wenu yn lletach byth.

"Diolch, Seren."

'Ma Meic yn disgwyl amdanach chi.' Pam oedd hi'n dweud hynny? Ac yn gwenu fwy byth wrth ddweud hynny?

Do'n i ddim yn y stafell am bump eiliad cyn i Meic ddechrau holi cwestiynau.

"Wel?"

"Wel be?"

"Ti am egluro, 'ta?"

"Egluro be?"

"Y neges gryptig ar y ffôn neithiwr!"

"Pa neges… O, ia!"

"Ers pryd wyt ti yn licio caneuon gwlad, Lena?"

"Jest meddwl fasai fo'n newid o'n i, 'te! Mae 'na lot o bobol allan yna'n licio pobol fel Tammy Wynette a Kenny Rogers. Ac Alistair James, John ac Alun ac ati yn Gymraeg. Dylen ni chwarae be ma'r gwrandawyr isio, cofia! Dyna ti'n ddeud bob amser!"

---

lletach byth – *even wider*

"Lena…" meddai Meic, gan edrych arna i. "Sgen ti rwbath i ddeud wrtha i? Oes?"

Doedd dim posib dianc. Roedd y diawl bach yn fy nabod i'n rhy dda o lawer!

"Dwi 'di bod i ddosbarth dawnsio llinell, 'na'r cwbwl!" meddwn mewn llais isel, a dechrau sortio drwy'r rhestr o ganeuon ar gyfer y rhaglen. "Hapus rŵan?"

"Chdi! Dawnsio llinell! Ti o ddifri?"

"Be sy'n bod ar hynny? Roedd neuadd y pentra'n orlawn, os ti isio gwbod, a phawb yn edrych yn andros o hapus a ffit!"

"Dwi'n amau dim ei fod o'n ffordd hwyliog o gadw'n heini, Lena," meddai Meic yn ddifrifol. "Ond chdi?"

"A be sydd mor ofnadwy o ddoniol am y syniad ohona i yn…"

Syllodd y ddau ohonan ni ar ein gilydd, fel golygfa o ffilm gowboi. Pwy oedd yn mynd i danio'r gwn geiriol cynta?

Yna dechreuais chwerthin. Ac yna dechreuodd Meic chwerthin hefyd, chwerthin nes bod y dagrau yn rowlio i lawr ei wyneb. A dyna lle oedd y ddau ohonan ni, yn chwerthin nes ein bod yn crio.

---

ti o ddifri? – *are you serious?*

gorlawn – *full up*

mynd i danio – *going to fire*

gwn geiriol – *verbal gun*

"O, Meic! Ro'n i'n ofnadwy! Doedd gen i ddim syniad be i neud!"

A dyma fi'n dechrau dweud hanes y noson wrtho. Erbyn i mi orffen, roedd hi'n amser i'r rhaglen ddechrau.

Sychodd Meic ei ddagrau a dechreuodd siarad i mewn i'r meicroffon, a'i lais fel melfed, fel tasai dim byd wedi digwydd.

"Croeso mawr i raglen Meic yma ar Radio'r Dref Wen, yn chwarae'ch caneuon chi... Mae gen i gân ychydig yn wahanol i'r arfer i ddechrau, gan yr anhygoel Dixie Chicks. Ac ma'r gân yma i bawb ohonach chi allan yn fanna, sydd... wel, be ddweda i, wedi mentro allan o'ch cylch cyfforddus yn ddiweddar... Dyma 'Cowboy Take Me Away'!"

Rhoddodd winc fawr arna i. Tynnais innau fy nhafod arno!

melfed – *velvet*

10

Roedd Ben yn edrych ar y teledu pan ddois i mewn ar ôl y shifft. Roedd y lolfa yn dywyll, a doedd dim i'w weld ond y golau o'r lluniau ar y sgrin.

"Gest ti hwyl?" meddai, ond wnaeth o ddim tynnu ei lygaid oddi ar y bocs.

"Do, gaethon ni raglen dda iawn heno, chwara teg," medda fi, gan wybod nad siarad am heno oedd Ben.

"A neithiwr? Yn y dosbarth dawnsio llinell?" meddai Ben.

Eisteddais wrth ei ymyl.

"Sori os o'n i'n chwil. 'Nes i ddim bwriadu yfed, ond…"

Doedd dim pwrpas trio dweud mwy.

Gwenodd Ben a rhoi ei law ar fy mhen-glin.

"Petha ddim wedi newid lot, ydyn nhw?" meddai Ben.

"Be ti'n feddwl?"

"Chdi, Lens! Yn dawnsio llinell! Chwara teg i ti!" meddai Ben.

Mi wnaeth rhywbeth danio tu mewn i mi. Roedd o'n

swnio mor nawddoglyd, fel tasai ganddo biti drosta i! O leia roedd Meic yn tynnu fy nghoes i. Roedd hynny'n haws ei dderbyn, rhywsut.

"Be ti'n feddwl, fi a dawnsio llinell! Be sy'n bod ar hynny?"

"Wel, bydda'n onest! Tydy o ddim wir yn dy… deip di o beth, nacdi?"

"Nacdi? Sut ti'n gwbod? Oeddat ti'n cuddio yn y neuadd yn sbecian arna i, 'ta be!"

Ro'n i'n gwybod 'mod i'n swnio fel hen gnawes, ac roedd wyneb Ben yn awgrymu ei fod o'n meddwl yr un fath! Ond ro'n i'n flin iawn, iawn efo fo!

"Dwi'n cofio sut oeddat ti'n dawnsio yn y disgos ers talwm, dyna'r cwbwl!" meddai Ben.

"A be oedd yn bod ar sut o'n i'n dawnsio?" Ro'n i'n teimlo fy nhymer yn mynd o ddrwg i waeth.

"Weeel… Does gen ti ddim… wel, dim rhythm naturiol, nag oes? A mae hynna'n bod yn garedig!"

Roedd ganddo ryw hen wên sbeitlyd, wirion ar ei wyneb.

"Sdim rhyfedd bo ti 'di yfed gormod, Lena. Trio tawelu'r nerfa oeddat ti, yn te? Yr union 'run fath ag oeddet ti'n arfer neud pan…"

nawddoglyd – *patronising*

hen gnawes (gog) = hen fuwch (de) – *old cow*

sbeitlyd – *spiteful*

Chlywais i ddim be ddwedodd o wedyn, achos ro'n i wedi martsio allan o'r stafell ac wedi cau'r drws yn glep. Yn union fel baswn i wedi ei wneud pan o'n i'n ddeunaw oed...

Es i'n syth i 'ngwely i bwdu. Pa hawl oedd gan Ben i siarad efo fi fel'na, i wneud hwyl ar fy mhen i'n trio gwneud rhywbeth i lenwi'r gwagle mawr yma o'n i'n ei deimlo tu mewn i mi! Roedd o'n amlwg yn gweld colli Caio hefyd, ond mynd i'w gragen oedd o, diflannu a mynd yn ddistaw a pheidio â siarad am y peth. O leia ro'n i'n trio codi allan, yn trio bod yn bositif!

Roedd o'n llygad ei le, wrth gwrs. Y diawl! Dyna oedd y peth gwaetha, ella. Er 'mod i wrth fy modd yn gwrando ar gerddoriaeth ac yn canu rhyw gân neu'i gilydd byth a beunydd, doedd gen i ddim rhythm wrth ddawnsio a dyna ni! Ac ella 'mod i wedi bod yn falch o'r fodca er mwyn tawelu'r nerfau, yn union fel oedd Ben wedi ei ddweud.

Cyn i mi wybod be oedd wedi digwydd, ro'n i wedi sleifio allan o'r gwely ac wedi agor drws ystafell wely Caio. Wnes i ddim rhoi'r golau ymlaen na dim, dim ond llithro i

---

cau'r drws yn glep – *to slam the door*

pwdu – *to sulk*

gwagle – *emptiness*

mynd i'w gragen – *to go into his shell*

yn llygad ei le – *spot on (lit. in the eye of his place)*

sleifio – *to sneak*

mewn i'r stafell dywyll a mynd i orwedd ar y gwely. Roedd yn deimlad braf bod yno heno, rhywsut. Doedd o ddim yn brofiad mor boenus ag o'r blaen. Edrychais ar y car rasio Lego ar y seidbord, yr un oedd Caio wedi ei wneud pan oedd o'n ddeuddeg oed. Edrychais ar ei ffeiliau ysgol fel sowldiwrs ar y ddesg, ar boster Che Guevara eto. Ro'n i'n teimlo'n nes at Caio yma, yn teimlo 'mod i'n gallu anadlu ychydig ohono fo i mewn. Wrth droi fy ngwyneb ar ei obennydd, gallwn glywed ei oglau arbennig yn cuddio yno eto.

Syrthiais i gysgu ymhen dim o amser.

11

Dwi ddim yn siŵr faint o'r gloch oedd hi pan agorodd y drws a daeth Ben i mewn. Roedd hi'n olau dydd, yn sicr, achos do'n i ddim wedi trafferthu cau'r llenni cyn gorwedd ar wely Caio.

Roedd gan Ben banad o de yn ei law, a rhoddodd y mẁg i lawr ar y bwrdd bach wrth ymyl y gwely. Yna daeth i eistedd i lawr wrth fy ymyl. Roedd o wedi gwisgo'n barod i fynd i'r gwaith; mewn siwt smart a'r tei yr oedd Caio wedi ei brynu iddo ar ei ben blwydd y llynedd.

"Ail noson i ni gysgu ar wahân rŵan, Ben," meddwn.

"Dwi ddim isio iddo fynd yn arferiad chwaith. Wyt ti?" gofynnodd Ben, gan edrych i fyw fy llygaid.

Fedrwn i ddim peidio â gwenu'n ôl.

"O'dd o'n blwmin anodd, sti! Y dawnsio llinell 'na! Hyd yn oed 'sa gin i rythm!"

"Dwi'n siŵr…"

"Munud oeddat ti'n cofio un rwtîn, roedd yna un arall yn dechrau, ac wedyn roeddat ti'n gorfod cofio pob un ar ôl ei gilydd, a…"

ar wahân – *apart*
arferiad – *habit*

50

Gwenodd y ddau ohonan ni ar ein gilydd. Ar ôl ychydig, meddai Ben,

"Rhyfadd hebddo, tydy? Heb Caio. Ar ôl deunaw mlynedd o sŵn a miri a swnian a chwerthin a…"

"Yndy, Ben. Dwi'n teimlo… wel, ar goll braidd. Dwi'n dal i ddisgwyl iddo gerdded i mewn drw'r drws am bedwar o'r gloch bob pnawn, gollwng ei fag wrth droed y grisiau a galw: 'Mam! Be sydd 'na i de?'"

Ers i mi orffen gweithio yn ystod y dydd, roedd hyn wedi mynd yn arferiad, yn rhan o batrwm bywyd, heb i mi sylwi bron. Rŵan roedd pedwar o'r gloch y pnawn yn mynd a dŵad heb sŵn, heb Caio.

"Ti'n gwbod be wnes i jest rŵan?" meddai Ben "Pan o'n i'n gneud y banad yma i ti? Rhoi'r dŵr poeth mewn tri mŵg cyn i mi sylwi be o'n i'n neud! Te i ti a dau goffi…"

Gwenodd y ddau ohonan ni ar ein gilydd. Gwên o ddeall ein gilydd oedd hi.

Yna safodd Ben ar ei draed.

"Dwi ddim yn siŵr ydw i am fynd i ddawnsio llinell eto, dwi'm yn meddwl," meddwn. "Ond fi fydd wedi penderfynu, reit? Sgynno fo ddim byd i neud efo be ddwedest ti neithiwr am fy rythm i!"

"Pa rythm?" meddai Ben yn bryfoclyd.

sgynno fo = does ganddo fo (gog) = does dim… gyda fe (de) – *he doesn't have*

pryfoclyd – *teasing*

"Ond wir 'wan, bydd rhaid i fi neud rhywbeth yn ystod y dydd. Dwi'n grêt pan mae gen i shifft yn yr orsaf radio, ond fedra i ddim diodde bod yn y tŷ 'ma heb... heb rwbeth i'w neud."

"Lena, gin i rwbath dwi isio..." dechreuodd Ben.

Edrychais ar y cloc bach hen ffasiwn yr oedd Caio wedi ei adael ar ôl ar y seidbord.

"Hei, well i ti siapio hi! Ti 'di gweld faint o'r gloch ydy hi? Mi fyddi di'n hwyr!"

"O, ia... Iawn, wnes i'm sylwi..." meddai Ben. Plygodd ei ben a rhoi cusan hir i mi nes o'n i'n toddi.

"Gawn ni sgwrs heno," meddwn.

"Sori?"

"Am be bynnag ti isio siarad amdana fo."

"Y... iawn. Grêt!" meddai Ben, ac aeth allan o'r stafell, gan gau'r drws yn ddistaw ar ei ôl.

Ro'n i'n teimlo'n well. Ro'n i'n mynd i goncro'r hiraeth yma am Caio a gwneud rhywbeth positif. Wedyn pan fyddai Caio yn dŵad adra dros wyliau'r Dolig, fe fyddai'n gweld i mi wneud rhywbeth diddorol yn lle stelcian o gwmpas y tŷ fel ysbryd!

---

diodde – *suffer/(can't) stand/(can't) tolerate*

fedra i ddim diodde (gog) = alla i ddim diodde (de) – *I can't stand*

well i ti siapio hi – *you better hurry up*

ro'n i'n mynd i goncro – *I was going to conquer*

stelcian o gwmpas – *lurking around*

12

Newydd ddŵad o'r gawod o'n i pan glywais i'r ffôn symudol yn derbyn tecst.

```
Ti'n brysur heddiw? Seren mewn picil!
Meic
```

O, na! Doedd Meic ddim eisiau i fi weithio yn y dderbynfa yn yr orsaf yn lle Seren, gobeithio! Fedrwn i ddim meddwl am ddim byd gwaeth nag ateb y ffôn am oriau a gorfod bod yn neis a gwenu ar bobol drwy'r amser! Do'n i ddim yn y mŵd! Ac roedd edrych ar y switsfwrdd yr oedd hi'n gweithio arno yn ddigon i wneud i mi deimlo'n sâl! Roedd o'n edrych fel y switsfwrdd mewn maes awyr neu rywbeth. Nid Seren fyddai'r unig un mewn picil wedyn.

Atebais Meic yn syth, cyn iddo gael cyfle i drio fy mherswadio!

```
Sori dwi ddim isio gweithio yn y
dderbynfa.
```

Roedd hynny'n ddigon clir, siawns! Daeth yr ateb yn ôl yn syth hefyd.

```
Sdim rhaid i ti weithio yn Mission Control!
;) Ond fedri di ddŵad draw bora 'ma am
sgwrs efo hi?
```

Hmm! Roedd hyn yn ddirgelwch! Pam yn y byd oedd Seren angen siarad efo fi ar frys? Teipiais:

```
Iawn
```

Ella y byddai heddiw'n ddiwrnod diddorol wedi'r cwbwl!

Golwg ddigalon oedd ar Seren pan gyrhaeddais i Orsaf Radio'r Dref Wen. Am y tro cynta, roedd ei delwedd Goth yn siwtio'i mŵd!

"Ti'n iawn, Seren? Be sy'n bod?"

"O, diolch am ddŵad, Lena. Dwi ddim yn gwbod be i neud, ac wedyn soniodd Meic ella..."

Codais fy llaw yn arwydd iddi stopio a phwyllo.

"O'r dechra, ia, Seren? Be yn union sydd 'di digwydd?"

"Wel, dwi 'di cael cynnig mwy o oriau yn fan'ma. Jest am ychydig o wythnosau i ddechrau. Gweithio tipyn bach mwy yn ystod y dydd, ella helpu ar raglen bob hyn a hyn..."

dirgelwch – *mystery*
pwyllo – *to take stock*

"Ia...?"

Dal i edrych yn drist oedd Seren. Do'n i ddim yn dallt hyn.

"Ond newyddion da ydy hynny, ia ddim? Dyma ti isio neud, yn te, Seren? Cael mwy o brofiad?"

"'Dach chi'n licio cŵn, Lena?" gofynnodd, ac edrych i fyw fy llygaid.

Gwenais yn ôl arni'n syth o glywed y cwestiwn annisgwyl. "Dwi wrth fy modd efo cŵn, deud y gwir, Seren. Ond sgen i ddim un. Yn anffodus!"

Mae cŵn yn bwnc sensitif yn tŷ ni. Mi fasai Caio a finnau wrth ein boddau tasai gynnon ni gi, ond dyn cathod ydy Ben. A byth ers i Dwynwen y gath gymryd ei lle fel prif gymeriad ein drama fach deuluol ni, doedd gen i ddim gobaith cael ci nac unrhyw anifail arall tasai hi'n dŵad i hynny. Dwynwen oedd pob dim gan Ben. Ella mai dyna un o'r rhesymau pam do'n i ddim yn ei licio hi.

"Pam ti'n gofyn, beth bynnag?"

"Wel," atebodd Seren, gan ddechrau gwenu. "Ella bod Meic yn iawn! Ella medrwch chi helpu tipyn arna i felly, Lena! Edrychwch ar hwn!"

Pasiodd gardyn busnes bach i mi ar draws y ddesg. Roedd arno lun cartŵn o gi a rhywun yn mynd â chi am dro.

"Hon ydy'n swydd ran amser arall i. Gwasanaeth mynd

---

annisgwyl – *unexpected*

â chŵn am dro. A dwi wrth 'y modd efo'r gwaith… Dwi'n ffrindia mawr efo pob un o'r cŵn. A'u perchnogion!" ychwanegodd.

"Braf iawn! Ond dwi ddim cweit yn gweld sut…" dechreuais.

"Ond dwi ddim yn gwbod be i neud! Os dwi'n derbyn y cynnig i weithio mwy o oriau yn fan'ma, fydda i ddim yn medru gwneud y gwaith arall yma. A mi faswn i'n torri 'nghalon taswn i'n gorfod ffarwelio efo'r cŵn am byth! 'Dan ni wedi dŵad yn gymaint o ffrindiau!"

Seren druan, meddyliais. Ella'i bod hi'n edrych fel dynes ifanc, hyderus ar y tu allan, ond roedd 'na rywbeth bregus a diniwed iawn amdani weithiau.

"Sut fedra i helpu chdi, Seren?" gofynnais, ond ro'n i'n gwybod yr ateb i'r cwestiwn.

"Weeeel…" meddai Seren, "Rhag ofn i mi golli'r swydd yma am byth a gorfod siomi'r cleientiaid, o'n i'n meddwl ella… tybed…"

"Ti isio i mi gymryd y gwaith o fynd â'r cŵn am dro i ti…? Dyna ti'n ofyn?"

"Jest am 'chydig! A dim pob ci, chwaith. Jest un. 'Sach chi ddim isio mynd â chi Anita Parry am dro, tydy o ddim yn licio pobol ddiarth…"

---

bregus – *fragile*

person diarth, pobol ddiarth (gog) = person dierth, pobol ddierth (de) – *stranger,s*

"Reit, felly pa…?"

Ond doedd Seren ddim fel tasai hi'n fy nghlywed i wrth iddi fynd ymlaen.

"A dim ond weithia fasai o. Ma'r cleient isio iddo fynd am dro bob dydd. Ond dwi jest ddim yn meddwl y medra i ddod i ben â hynny efo'r gwaith ychwanegol yma a phob dim…"

"Pwy ydy'r cwsmer yma, 'ta?" gofynnais. Be o'n i eisiau ofyn oedd pwy oedd y cwsmeriaid oedd yn cadw ci ond yn rhy ddiog i fynd â fo am dro!

"Mrs Morris ydy ei henw hi; mae hi'n ei hwythdegau a newydd gael clun newydd. Mae hi'n gariad!"

Gwenais.

Canodd y ffôn wedyn, diolch byth, ac roedd Seren yn brysur. Roedd hynny'n rhoi dipyn bach o amser i mi feddwl dros y peth.

Erbyn i Seren ddŵad i ddiwedd y sgwrs ffôn, ro'n i wedi penderfynu.

"Wel?" gofynnodd Seren. "Be 'dach chi'n feddwl? Mi fasach chi'n gneud ffafr enfawr â mi. Wir rŵan, Lena! Mi faswn i'n ofnadwy o ddiolchgar!"

"Pryd ti isio i mi ddechrau?" gofynnais.

Do'n i ddim yn barod am y fath ymateb!

Neidiodd Seren dros ddesg y dderbynfa, bron iawn, a rhoi andros o gwtsh mawr i mi!

clun – *hip*

"O, diolch! Diolch, Lena! O'n i'n poeni fasai rhaid i mi siomi pawb. Sgynnoch chi ddim syniad pa mor ddiolchgar dwi!"

Gwenais yn ôl ar Seren, ei dannedd gwynion yn llachar yn erbyn ei gwefusau duon.

13

"Amser cinio heddiw" oedd yr ateb a ddaeth yn y diwedd ar ôl iddi orffen efo'r cwtsh a'r llawenhau. Roedd ci Mrs Morris fel arfer yn licio mynd am dro ddwywaith bob dydd. Doedd hi ddim hyd yn oed yn medru gadael iddo fynd allan i'r ardd erbyn hyn, yn enwedig a'r tywydd yn dechrau oeri. Roedd hi ofn syrthio efo'r glun newydd. Byddai'n rhaid i un waith y diwrnod, bob diwrnod, wneud y tro.

Wrth lwc, ro'n i'n gwybod yn union lle oedd y stryd lle roedd Mrs Morris yn byw, ac felly penderfynais gerdded yno gan ei bod yn ddiwrnod bendigedig o hydref. Roedd yr haul yn taflu planced euraid dros bob man, ac wrth gerdded, ro'n i'n cael y pleser o glywed y sŵn crensian bendigedig hwnnw sy'n dod wrth gerdded drwy garped o ddail oedd wedi disgyn oddi ar y coed. Caio oedd wrth ei fodd yn mynd am dro drwy'r dail pan oedd o'n hogyn. Roedd o'n arfer rhedeg o fy mlaen i a neidio i mewn i dwmpath o ddail, dros ei ben, er gwaetha'r ffaith 'mod i'n ei rybuddio i fod yn ofalus. Tybed fyddai o'n dal i wneud hynny ar gampws y coleg, meddyliais, neu mewn parc cyfagos i'r neuadd breswyl? Fe fyddai Caio yn cael cymaint o brofiadau o hyn ymlaen, profiadau na fyddwn i'n medru eu rhannu efo fo.

Ffeindiais dŷ Mrs Morris heb broblem, a daeth at y drws yn y diwedd ar ôl i mi ganu'r gloch ddwy waith. Cerddai efo ffon. Roedd ei gwallt gwyn wedi ei dorri'n fyr, ac roedd ganddi glustdlysau anferth. Gwisgai siwmper ddu a throwsus lliwgar. Ro'n i'n ei licio hi'n syth.

"Lena ydach chi?" gofynnodd.

"Ia, a chi felly 'di Mrs Morris!" meddwn. "Neis eich cyfarfod chi!"

"Dewch i mewn, dewch i mewn," meddai'n groesawgar, gan agor y drws led y pen.

Es i ar ôl Mrs Morris i ystafell fechan ar y chwith. Roedd 'na biano yno, a soffa fach i ddau. Ar y wal uwchben y lle tân, roedd llun du a gwyn o gwpwl hapus ar ddiwrnod eu priodas. Roedd hi'n hawdd nabod gwên Mrs Morris, ac roedd gwên ei gŵr yr un mor llydan.

"Ffoniodd Seren i ddeud bo chi'n dŵad draw yn ei lle hi am y tro. Dwi'n falch iawn ei bod hi wedi cael mwy o waith yn yr orsaf, ond ro'n i'n poeni dipyn bach am Mr Huws."

"Mr Huws?" gofynnais. Soniodd Seren ddim am y ffaith bod Mrs Morris yn dechrau ffwndro. Bechod.

"Dyma fo Mr Huws ar y gair!" meddai, a daeth ci

clustdlws, clustdlysau – *earring,s*

croesawgar – *welcoming*

ffwndro (gog) = drysu (de) – *to get muddled*

Labrador mawr du i'r golwg o gefn y tŷ, a'i gynffon yn ysgwyd o glywed ei feistres yn dweud ei enw.

"Chdi ydy Mr Huws, felly!" meddwn. "Ma'n dda iawn gen i dy gyfarfod di!"

Edrychodd y ci arna i efo llygaid mawr caredig. Labrador oedd fy hoff frid, roedd hynny'n bendant. Roedden nhw'n gŵn mor ffeind ac annwyl. Roedd yn amlwg bod Ffawd yn gwenu arna innau hefyd!

"Ci Ralph y gŵr oedd Mr Huws yn wreiddiol, ond dim ond y ddau ohonan ni sydd yma rŵan, ers i Ralph farw. Roedd Seren yn help mawr i mi pan es i mewn i'r ysbyty i gael clun newydd, ac mae hi wedi dal i ddŵad, chwara teg iddi. Dwi braidd yn nerfus yn cerdded ers y llawdriniaeth. Mae'n beth od sut ydach chi'n nerfus yn gwneud rhywbeth sydd wedi dŵad mor naturiol i chi ar hyd eich oes."

"Dwi'n dallt," meddwn. "A ma'n well i chi fod yn ofalus ar y dechrau, tan i chi arfer efo'r glun."

"Mi ddylwn i roi Mr Huws i ffwrdd i berchennog newydd, ma'n siŵr, ond fedra i'm wynebu gwneud hynny. Mae o'n gwmni da, deud y gwir wrthach chi, Lena. Dwi'n medru sgwrsio efo fo a mae o'n gwrando arna i bob tro, a'r llygaid mawr yna fel tasen nhw'n dallt pob gair."

Meddyliais am Dwynwen, yn edrych i lawr ei thrwyn arna i, ac fel tasai hi'n mwynhau'r ffaith nad o'n i'n hoff ohoni. Mi fasai creadur da am wrando fel Mr Huws yn

Ffawd – *Fate*

dipyn o gysur i mi dyddiau yma.

"Well i ni fynd am dro, felly, ia?" meddwn, a dechreuodd cynffon Mr Huws ysgwyd yn fwy egnïol wrth glywed y geiriau 'mynd am dro'!

"Dwi'n siŵr bydd y ddau ohonach chitha'n ffrindiau mawr hefyd!" meddai Mrs Morris, gan wenu.

Aeth Mr Huws a finnau am dro i ben arall y dre, at yr archfarchnad ac yn ôl. Wrth lwc, roedd y ci wedi arfer â sŵn traffig, ac wedi arfer â cherdded ar stryd lle roedd 'na bobol (a chŵn!) eraill. Roedd hi'n braf hefyd ei fod yn ufudd ac yn gwrando ar bethau fel 'Eistedda' ac 'Arhosa' a 'Ty'd rŵan!' Ches i ddim trafferth o gwbwl efo fo.

Penderfynais fynd yn ôl i dŷ Mrs Morris ar hyd ffordd arall. Aethon ni heibio stad newydd o dai, heibio i'r ganolfan siopa fach newydd oedd wedi agor ers tua mis, ac ymlaen.

Dyna lle gwelais i gar Ben.

Roedd o wedi parcio ynghanol stad fach o dai oddi ar y brif lôn. Mae'n rhaid fod ganddo gleient newydd yn byw yma, meddyliais. Do'n i ddim yn holi gormod am ei waith, ond roedd o fel arfer yn dweud wrtha i os oedd o'n gorfod mynd i rywle doedd o ddim wedi bod yno o'r blaen.

Cofiais am y gusan wnaeth i mi doddi'r bore hwnnw.

cysur – *comfort*

egnïol – *energetic*

ufudd – *obedient*

Am un eiliad wirion, meddyliais y byddai'n syniad gadael neges fach ar ffenest ei gar. 'Wela i di heno' neu 'Helô Secsi!' neu rywbeth plentynnaidd fel'na, y math o beth faswn i wedi ei wneud ers talwm pan oedd Ben a fi'n caru. Ond doedd gen i ddim beiro na phapur, ac erbyn meddwl mwy am y peth, ella fod hynny'n beth da. Fasai o ddim yn beth proffesiynol iawn i Ben fod ei wraig yn gadael nodiadau bach hurt ar ei gar tu allan i dŷ cleient, na fasai!

Dechreuais chwerthin i mi fy hun ar fy ffordd yn ôl i dŷ Mrs Morris efo'r ci bach annwyl. Roedd pethau'n gwella! Ro'n i wedi cael gwaith bach ychwanegol yn ystod y dydd yn union fel o'n i eisiau, a hynny yn gweithio efo cŵn. Roedd Ben a fi yn dechrau dallt ein gilydd, ac roedd yr haul yn gwenu hefyd! A rhywsut doedd y Dolig a Caio'n dod adra ddim yn teimlo mor bell i ffwrdd chwaith.

PROPERTY OF MERTHYR
TYDFIL PUBLIC LIBRARIES

14

Gofynnodd Mrs Morris a o'n i eisiau panad pan ddois i â Mr Huws yn ôl yn ddiogel, ond penderfynais wrthod y tro yma. Do'n i ddim eisiau dechrau arferiad. Ond ella baswn i'n medru aros am banad weithiau, pan fyddai gen i fwy o amser. Roedd gen i deimlad bod Mrs Morris yn berson diddorol, ac y basai hi'n croesawu cael sgwrsio.

Ar y ffordd yn ôl adra, galwais heibio siop y cigydd a phrynu dwy stecen fawr syrloin. Roedd Ben wrth ei fodd â stêc ond doedden ni ddim wedi cael cyfle i gael bwyd crand fel hyn ers tro, dim ond rhyw fwyd brys ffwrdd-â-hi a phasio'n gilydd yn y coridor. Rŵan ein bod yn dechrau dŵad i arfer efo bod yn gwpwl unwaith eto, ac nid jest yn fam a thad, roedd hi'n bwysig creu amser arbennig i'r ddau ohonan ni. Bron iawn i mi brynu canhwyllau hefyd yn y siop grefftau fach drws nesa i'r swyddfa bost, ond penderfynais y byddai hynny'n mynd dros ben llestri braidd!

Mi ges i amser braf yn paratoi'r pryd, dweud y gwir. Roedd y radio 'mlaen yn y cefndir ac aeth awr heibio yn paratoi'r llysiau ac yn chwilio am risêt arbennig i fynd efo'r

---

dros ben llestri – *to go overboard (lit. to go over the dishes)* stecen, risêt oedd yn cynnwys pob dim oedd gen i yn yr oergell neu'r cwpwrdd! Taswn i wedi bod yn fwy trefnus mi faswn i wedi darllen y risêt gynta a phrynu pethau arbennig wedyn! Ond dyna fo! Ro'n i wedi anghofio beth oedd gorfod coginio bwyd rhamantus, on'd o'n i?

Ro'n i hefyd wedi prynu potel o win coch drud ac wedi agor top y botel er mwyn i'r gwin 'anadlu'. Hen nonsens o'n i'n meddwl oedd hynny, ond penderfynais y byddwn i'n ei drio heno, er mwyn gweld a oedd o'n gwneud unrhyw wahaniaeth i'r blas.

Edrychais ar y cloc mawr yn y gegin ar ôl paratoi pob dim. Roedd yn deimlad braf bod pob dim yn barod. Roedd y saws yn ffrwtian yn y sosban, a'r stêc wedi ei guro ac wedi ei orchuddio â phupur ac ychydig bach o garlleg.

Es i draw i'r lolfa i eistedd a throi'r teledu ymlaen. Roedd y newyddion newydd ddechrau, a'r gohebydd wrthi'n siarad â'r camera, a golygfa druenus o ryfel y tu ôl iddo. Penderfynais ddiffodd y teledu. Do'n i ddim eisiau gorfod meddwl am bethau trist heno, na phoeni am yr ymladd oedd yn digwydd yn y byd mawr tu allan i'r pedair wal yma. Caeais fy llygaid. Ro'n i wedi blino'n lân. Roedd heddiw wedi bod yn ddiwrnod diddorol...

Dwynwen ddeffrodd fi. Glaniodd ar fy nglin a dechrau setlo i lawr am y noson, gan llnau tu ôl i'w chlustiau a chanu grwndi'n hapus ei byd. Roedd y stafell yn wag ac yn oer, a dim ond golau gwan o lampau'r stryd yn taflu gwawr oren dros y lle. Edrychais ar y cloc. Saith o'r gloch! Saith? Gwrandewais yn ofalus am unrhyw sŵn i fyny'r grisiau, ond yn amlwg doedd Ben ddim wedi dŵad adra eto. Oedd o wedi trio ffonio? Oedd o wedi dweud wrtha i ei fod yn mynd i fod yn hwyr a finnau wedi anghofio pob dim?

Y funud honno, clywais y drws ffrynt yn agor a daeth Ben i mewn. Sefais a neidiodd Dwynwen i ffwrdd oddi ar fy nglin, yn flin, a syllu o'i chwmpas. Cerddodd Ben i mewn a rhoi ei gês gwaith i lawr wrth ymyl y drws.

"Ti'n iawn, Lena? Mmm! Ogla da 'ma! Dwi isio bwyd! Be ti'n goginio?"

"Syrpréis bach! Lle ti 'di bod mor hwyr? Cyfarfod arall?"

Ro'n i'n gwneud fy ngorau glas i beidio â swnio'n flin, dim ond holi. Ella iddo gael ei ddal mewn cyfarfod a'i fod o heb gael cyfle i ffonio na thecstio i egluro.

"Ym… na… Dim cyfarfod, jest… lot, lot o waith papur. Dwi'n boddi dan ffurflenni ac adroddiadau yn gwaith dyddia yma!"

"Wyt ti? A lot o gyfarfodydd tu allan hefyd?"

"Na, doedd gen i'r un cyfarfod heddiw, diolch byth. Dwi'm 'di symud o'r swyddfa drwy'r dydd. Ches i ddim amser i fwyta cinio, bron!"

Rhewais. Roedd fel petai llaw oer wedi cau am fy

ffurflen,ni ac adroddiad,au – *form,s and report,s*

nghalon. Gwelais ei gar yn fy meddwl, wedi ei barcio tu allan i'r tŷ hwnnw ar y stad.

"Dwi jest am redeg fyny i'r tŷ bach, fydda i'n ôl mewn dau funud!" meddai Ben, a diflannu i fyny'r grisiau.

Es drwadd i'r gegin a dyna pryd welais i'r ddwy stecen ar y llawr, a'r cig coch yn y canol wedi cael ei rwygo a'i fwyta. Eisteddai Dwynwen wrth ymyl y drws gwydr, yn llyfu ei cheg ac yn edrych yn hapus iawn, iawn.

15

Roedd y frechdan gaws wedi ei thostio yn eitha blasus, chwara teg, yn enwedig efo'r nionyn a'r saws oedd i fod efo'r stêc. Mi ges i ychydig o bleser hefyd yn edrych ar y gath yn pwdu arna i o'r ardd. Roedd hi wedi cael ei hel allan yn ddiseremoni gan Ben pan ddaeth o i lawr y grisiau a fy ngweld i'n eistedd a 'mhen yn fy nwylo, a Dwynwen yn llyfu ei phawennau yn fodlon. Dweud y gwir, roedd Ben yn ymddwyn yn ofnadwy o neis.

"Hei, bechdan gaws o'n i'n ffansïo i swpar heno beth bynnag, sti!"

"Paid, Ben!"

"Na, wir 'ŵan!"

"Does dim rhaid i chdi ddeud hynna, sti!"

"Dwi'n ei feddwl o! A deud y gwir, tasai'r frenhines ei hun yn dod â stecen ora'r byd i mi ar blât arian, mi faswn i'n deud, 'Na, dim diolch! Bechdan gaws i mi heno, a dim byd arall!'"

Gwenais arno. Ond do'n i'n teimlo fawr gwell. Wedi'r cyfan, doedd gan Dwynwen y gath ddim oll i'w wneud

---

diseremoni – *unceremonious*

efo'r hen deimlad annifyr oedd gen i yng ngwaelod fy mol, nag oedd?

Aeth y ddau ohonan ni i eistedd o flaen y teledu wedyn efo panad bob un. Syllais ar y lluniau ar y sgrin. Rhyw hen raglen gwis wirion oedd hi. Tasai Caio yma mi fasai o wedi newid y sianel yn syth! Ond roedd Ben i weld yn mwynhau, ac yn chwerthin yn uchel bob hyn a hyn ar rywbeth hurt roedd y cystadleuwyr wedi ei ddweud.

"Ti mewn hwylia da iawn!" medda fi, a thrio fy ngora i swnio'n normal.

"Ma hi'n bwysig chwerthin weithia, tydy? Tydy hi ddim yn hawdd o hyd ond... mae'n bwysig trio!"

"Yndy," cytunais. Ond fedrwn i ddim peidio â meddwl am gar Ben tu allan i'r tŷ hwnnw, a fedrwn i ddim peidio â meddwl amdano'n dweud ei fod wedi bod yn gaeth yn y swyddfa drwy'r dydd... Celwydd!

Ro'n i'n falch iawn pan ganodd y ffôn symudol a gwelais mai Meic oedd yno.

"Meic, ti'n iawn?"

"Yndw... Nacdw... yli, dwi'n gwbod bod hyn yn fyr rybudd ofnadwy, ond mae Sam 'di ffonio yn methu gneud y shifft heno."

Dim ond am eiliad, suddodd fy nghalon. Aeth Meic

---

yn gaeth – *imprisoned*

celwydd! – *a lie!*

byr rybudd – *short notice*

ymlaen â'i neges.

"Mae ganddo boen bol ofnadwy. Wedi cael cyrri rhy boeth neithiwr, medda fo."

Sam oedd y DJ arall oedd yn rhannu'r gwaith darlledu efo Meic. Doedd o ddim yn sâl yn aml iawn, ond os oedd o'n sâl, rhywbeth i'w wneud â'i stumog oedd y broblem bob tro. Roedd o wrth ei fodd â chyrri poeth, poeth ond doedd o byth yn cofio bod ei stumog yn anghytuno!

"A ti isio help?"

"Fedri di ddŵad i mewn ar y shifft nos efo fi? Ti'n gwbod fel ma Llinos."

Ro'n i'n gwybod am Llinos yn iawn. Creadures nerfus iawn oedd hi, a ro'n i'n synnu ei bod hi eisiau helpu yn yr orsaf radio o gwbwl, a dweud y gwir. Ond doedd hi ddim yn licio gweithio efo unrhyw DJ arall heblaw am Sam. Felly os oedd Sam yn methu gwneud y shifft, doedd Llinos ddim eisiau bod yno chwaith.

Ro'n i'n ddistaw am rai eiliadau, tan i Meic ddweud,

"Sori. Ddylwn i ddim fod wedi ffonio. O'n i jest yn meddwl ella…"

"Ma'n iawn. Mi ddo i draw."

"Ti'n siŵr sgin ti ddim cynlluniau eraill? Ti a Ben ddim 'di trefnu rhywbeth…?"

"Naddo!" atebais, braidd yn rhy sydyn. "Na, does 'na'm byd arbennig gen i heno. Ddo i draw erbyn 10, ia?"

Edrychodd Ben arna i fel tasai o ar fin dweud

rhywbeth, ond achubais y blaen arno.

"Sori. Creisis. Rhaid i mi fynd i neud shifft," meddwn, a gadael y stafell cyn iddo fedru dweud dim byd yn ôl.

16

Roedd bod yn y stiwdio yn hwyr ar nos Iau yn union yr un fath â mynd yno ar ryw noson arall, mewn un ffordd. Yr un dyn oedd y swyddog diogelwch wrth y drws, yr un gofalwr oedd yn edrych ar ôl y lle ac yn trio defnyddio'r hwfer yn ystod y caneuon rhag ofn iddo wneud sŵn… Yr un stiwdio oedd hi wrth gwrs, yr un bwrdd cymysgu sain a phob dim yn ei le.

Ond roeddwn i'n gorffen y shifft ac yn gadael y lle erbyn un ar ddeg fel arfer. Ella mai fy nychymyg i oedd o, ond roedd yna awyrgylch ychydig bach gwahanol i'r stiwdio a hithau'n hwyr y nos.

Un gwahaniaeth oedd thema'r noson. Roedd pob DJ yn licio rhoi ei stamp ei hun ar ei raglen, a chynnig rhywbeth unigryw. Nos Iau oedd noson Sam, ac roedd o'n licio rhoi cynnig i wrandawyr ffonio i gael sgwrs am bethau oedd yn eu poeni yn eu bywydau pob dydd. Dim pethau fel ailgylchu a phris petrol dwi'n feddwl, ond pethau mwy personol, pethau yn ymwneud â phroblemau perthynas ac ati. 'Sibryda wrth Sam' oedd teitl y rhaglen. (Enw gwirion oedd barn Meic, a rhaid i mi ddweud 'mod i'n cytuno!) Doedd dim rhaid i'r gwrandawyr ddefnyddio eu henwau iawn ar yr awyr os doedden nhw ddim eisiau gwneud (ond roedd yn rhaid iddyn nhw roi eu henwau iawn i'r orsaf er mwyn diogelwch). Fel arfer fe fyddai Sam yn gadael i bawb ffonio i mewn am beth bynnag oedden nhw eisiau siarad amdano, ond weithiau byddai Sam wedi rhoi 'thema' i'w raglen o flaen llaw.

A dyna oedd yn digwydd heno. Y thema oedd 'anffyddlondeb'.

Dechreuais deimlo'n sâl!

Sylwodd Meic ar fy ngwyneb yn syth. Roedd o'n fy nabod i mor dda erbyn hyn.

"Sori. Pwnc braidd yn drwm, 'de! Dylwn i fod wedi sôn ar y ffôn. Rhoi cyfle i ti ddeud 'na'…"

"Dim hynny ydy o… Dwi'n falch o gael dŵad allan o'r tŷ, deud y gwir wrthat ti. A 'dan ni wastad yn cael hwyl, tydan? Er bod dy jôcs di mor ofnadwy!"

"Hei, be ti'n galw dyn efo gwylan ar ei ben?"

"Cliff, ia, wn i!" atebais, yn reit ffwr-bwt.

Syrthiodd wyneb Meic am eiliad. Roedd gen i bechod drosto fo.

"Dyn llefrith o'r Eidal?"

"Dwn i ddim, Meic, be wyt ti'n galw dyn llefrith o'r Eidal?"

"Tony Torri Poteli!" meddai yn wên o glust i glust. Roeddan ni'n ôl ar yr un donfedd!

"Beth am yrrwr car rasio o'r Eidal, 'ta?" gofynnais.

anffyddlondeb – *infidelity*

"Tony Torri Corneli!" meddai Meic, gan wenu fel giât.

Ond ro'n i'n gwybod hefyd bod Meic wedi sylwi ar fy ymateb gwreiddiol.

Araf braidd oedd y galwadau gan y gwrandawyr ar y dechrau. Roedd hyn yn arferol, fel petai pobol yn swil o fod y cyntaf i godi'r ffôn am rywbeth mor bersonol. Roedd Sam wedi dweud wrth Meic mai fel hyn fasai pethau.

Chwaraeodd Meic ganeuon llawn angst er mwyn creu awyrgylch. (Roedd 'na ddigonedd o ddewis, achos mae artistiaid yn hoff iawn o sgwennu a chreu pan maen nhw'n teimlo'n ddigalon!) "Mae hapusrwydd yn sgwennu'n wyn," meddai rhywun ryw dro, sef dydy'r Awen ddim yn llifo pan mae rhywun yn fodlon ei fyd! Ac mae hynny'n siŵr o fod yn wir.

Erbyn i mi glywed rhyw dair neu bedair cân oedd yn sôn yn hiraethus am golli cariad, neu am dorri calon, ro'n innau'n teimlo'n reit drist, ac yn methu peidio â meddwl am Ben a'r ffaith ei fod wedi dweud celwydd wrtha i am le fu o yn ystod y dydd.

Ynghanol un gân, estynnodd Meic ei law at fy llaw i a'i gwasgu.

"Haia chdi! Ti'n OK? Ti isio siarad?"

Roedd ei lygaid yn llawn gofal.

Ysgwyd fy mhen wnes i.

Awen – *inspiration*

gwasgu – *to squeeze*

"Dwi'n iawn, sti. Diolch, Meic…"

"Iawn. Grêt felly!" meddai, ond yr oedd yn amlwg o'i wyneb nad oedd o'n fy nghredu. "Ond ti'n gwbod lle ydw i… Os mêts…"

"Mêts! Ia, wn i."

Canodd y ffôn i achub y sefyllfa, a daeth llais dyn yr ochr arall a dechreuodd hwnnw fwrw ei fol am y ffaith iddo fod mewn perthynas efo'r ddynes drws nesa am ugain mlynedd, a'i fod o'n dechrau meddwl ella y dylai ddweud y cyfan wrth ei wraig. Ochneidiais. Roedd hi'n mynd i fod yn noson hir.

---

bwrw ei fol – *to pour one's heart out (lit. to pour one's stomach out)*

17

Erbyn i mi ddeffro bore wedyn, roedd Ben wedi gadael y tŷ am ei waith. Ac ro'n i'n falch. Roedd hi bron yn ddau o'r gloch y bore arna i yn dŵad adra o'r orsaf, er bod y rhaglen wedi gorffen am hanner nos. Roedd Meic a finna wedi eistedd yn y cantîn bach ar lawr gwaelod adeilad yr orsaf, yn yfed coffi peiriant ych a fi mewn cwpanau plastig. A siarad. Doedd hi ddim wedi bod yn hawdd twyllo Meic 'mod i'n iawn, roedd o'n fy nabod i'n rhy dda, toedd?

Adroddais yr hanes i gyd wrth Meic, a hanner disgwyl iddo gytuno â fi a chydymdeimlo bod gen i ŵr oedd yn amlwg yn cael affêr ac yn trio cuddio'r peth. Ond nid dyna wnaeth Meic o gwbwl.

"Yli, cym bwyll, boi!" meddai, a'i lygaid brown yn sgleinio yng ngolau'r bwlb trydan oedd uwch ein pennau.

"Ti'n poeni heb angen, Lens. Sgin ti'm tystiolaeth o ddim byd, nag o's?"

"Ond welish i ei gar o! Pam 'sa fo'n deud celwydd wrtha i? Deud bod o 'di bod yn y swyddfa trwy'r dydd a finna wedi…"

cym bwyll – be careful

tystiolaeth – *evidence*

"Ti'n siŵr mai ei gar o oedd o?"

"Yndw… Wel…"

"Wel… be?"

"Wel, o'dd o'n union yr un fath!"

"A'r un rhif a phob dim?"

"Oedd! Wel… oedd! Dwi'n siŵr ei fod o!"

Ond y gwir oedd, do'n i ddim wedi edrych yn iawn ar y rhif, nag o'n? Roedd y llythrennau ar y dechrau yr un fath, roedd y car yr un mêc, yr un lliw… Ond…

"A hyd yn oed os mai car Ben oedd yna, ella bod o jest wedi picio draw i weld cleient am bum munud, ac wedi anghofio deud."

"Anghofio deud! Pam fasai o'n anghofio…!"

"Oherwydd bod o'n anghofio petha weithia! Fel chdi! Fel fi! Fel pawb ohonan ni! Rho frêc i'r boi! Chwara teg!"

Do'n i ddim yn fodlon derbyn y theori honno ar y dechrau. Roedd gan Ben gof ffantastig, roedd o'n seren y cwis tafarn ers talwm oherwydd ei wybodaeth am y byd a'r betws, ac yn llawer gwell am gofio ffeithiau na fi.

Ond erbyn meddwl, roedd ganddo lot fawr ar ei blât yn ddiweddar rhwng pwysau gwaith ac ati. A doedd o ddim i weld yn iawn ers i Caio adael am y coleg, rhywsut. Roedd ei ben yn ei blu braidd. Ella 'mod i wedi poeni gormod am fy

y byd a'r betws – *everything under the sun (lit. the world and his 'bead-house' – originally 'prayer house')*

ei ben yn ei blu – *rather sheepish (lit. his head in his feathers)* nheimladau i fy hun a heb feddwl sut oedd Ben yn teimlo am y peth. Ac roedd pawb yn y byd yn gwybod bod dynion yn anobeithiol am drafod eu teimladau, toedd? Wel, pawb ond Meic. Roedd Meic yn medru trafod teimladau yn dda iawn. Yn enwedig fy nheimladau i!

Erbyn i ni orffen y banad o goffi a ffarwelio, ro'n i'n teimlo'n well. Ac yn falch iawn bod gen i ffrind mor dda â Meic oedd yn fodlon gwrando a chynnig cyngor call.

cyngor call – *sound advice*

18

Cnoc, cnoc, cnoc, cnoc. (SAIB) Cnoc, cnoc.

"Helô, Mrs Morris, dim ond fi sy 'ma!"

Ro'n i wedi dechrau creu cnoc unigryw fyddai'n gwneud yn siŵr bod Mrs Morris yn gwybod mai fi a neb arall oedd yno.

Roedd y byd yn lle reit frawychus i hen bobol, pan oedden nhw'n mynd yn fwy bregus. Y peth lleia fedrwn i ei wneud oedd gwneud pethau'n haws i Mrs Morris.

Doedd dim rhaid i mi boeni.

"Lena! Ro'n i'n gwbod mai chi o'dd yna o'r ffordd roedd Mr Huws yn ysgwyd ei gynffon!" meddai Mrs Morris, gan agor y drws mor llydan â'i gwên.

"Helô, boi bach! Helô, Mr Huws!" Anwesais ei glustiau. Rhoddodd Mr Huws sws fawr wlyb i'm llaw yn ateb!

"'Dach chi ar frys? Dwi wedi gneud fflapjacs! Dowch drwadd i'r cefn!" meddai Mrs Morris, a dilynais hi i gegin fach olau, braf yn edrych allan ar olygfa o ardd hir. Roedd yr ardd yn arfer bod yn lle braf iawn i ymlacio ynddo, dwi'n siŵr, ond roedd y glaswellt yn hir erbyn hyn, a golwg flêr arno.

unigryw – *unique*

Mae'n rhaid bod Mrs Morris wedi sylwi arna i'n edrych ar yr ardd, ac meddai,

"Sori am y llanast. Dwi'm 'di medru torri gwair ers misoedd, roedd y glun yn brifo gormod," meddai. "Roedd y dyn drws nesa yn arfer dŵad i helpu ond mae o wedi symud i fyw i'r dre efo'i ferch erbyn hyn, felly ma'r lle yn edrych fel jyngl!"

"Mae 'na lot o waith efo gardd. Ond mae'n braf bod gynnoch chi le preifat yn y cefn!" atebais innau, gan drio gwneud iddi deimlo dipyn bach gwell.

Roedd gen i bechod drosti hi, yn gorfod dibynnu ar bobol eraill drwy'r amser.

"Biti na fasai Mr Huws 'ma dipyn mwy handi efo peiriant torri gwair!" meddai Mrs Morris dan chwerthin.

"Dowch! Cymerwch fflapjacs! Ro'n i'n arfer coginio lot pan oedd Ralph…"

Stopiodd siarad am eiliad cyn mynd yn ei blaen.

"Ma'n neis medru coginio a rhannu efo rhywun arall, tydy?"

Roedd y fflapjacs yn edrych yn euraid ac yn fendigedig. Ac o'n i eisiau bwyd braidd.

Ymhen deg munud roedd y ddwy ohonan ni'n eistedd wrth fwrdd y gegin efo panad o de bob un, a fflapjac.

"Ydach chi'n coginio tipyn, Lena?" gofynnodd.

Gwenais, a dechrau dweud stori neithiwr wrthi, am y pryd bwyd crand o'n i wedi ei baratoi i Ben, ac am Dwynwen y gath a'i swper lwcus hi!

Roedd hi'n braf clywed Mrs Morris yn chwerthin, roedd hi'n swnio fel nant yn giglan ei ffordd i lawr y mynydd.

O'r diwedd, stopiodd Mrs Morris chwerthin a sychu'r dagrau oedd yn rhedeg i lawr ei bochau.

"Honna ydy'r stori ora i mi ei chlywed ers tro byd! Reit dda, 'rhen Dwynwen!"

"Hmm!" medda finnau, ond roedd hi'n amhosib peidio â gwenu hefyd.

"Diolch, Lena. Am ddeud yr hanes!"

"Mae yna ryw dda wedi dŵad allan o'r peth felly!" meddwn dan wenu. "Mrs Morris…" dechreuais. "Fasach chi'n licio i mi…"

"Thelma, Thelma, plis! Mae 'ngalw i'n Mrs Morris yn gneud i mi deimlo'n hen!" meddai, ac wrth edrych ar y ffon wrth ei hymyl, gwenodd.

"Sut ti'n teimlo tu mewn sy'n bwysig, Lena. Dim y gragen tu allan. Tu mewn, dwi'n ugain oed eto, yn rhedeg fel rhuban i fyny ac i lawr y bryniau gwyrddion…"

Edrychodd allan ar yr ardd, a golwg freuddwydiol ar ei hwyneb. Ro'n i'n dechrau licio Mrs… Thelma fwy a mwy. Sylwais ei bod wedi newid o'r 'chi' i'r 'ti' efo fi. Roedd o'n deimad braf. Ond do'n i ddim yn siŵr faswn i'n medru ei galw hi'n 'ti' chwaith, rhywsut!

"Fasach chi'n licio i mi drio torri'r gwair i chi, rhyw dro, Thelma…?" gofynnais. "Fasai o ddim trafferth, wir! Os oes gynnoch chi beiriant sydd mewn cyflwr iawn, faswn i fawr o dro yn cael trefn ar yr ardd."

"Ella wir, Lena fach. Ella wir. Dwi'n colli mynd allan i'r ardd a chlywed yr haul ar fy ngwyneb, rhaid i mi ddeud. A mi fasai Mr Huws... Wel, mi fasai Mr Huws wrth ei fodd!"

Wrth glywed ei enw, penderfynodd Mr Huws wneud ei bresenoldeb yn amlwg a dod rhwng y ddwy ohonan ni, gan lyfu fy llaw ac ysgwyd ei gynffon. Roedd hi'n amser mynd am dro!

Wrth symud o'r gegin at y drws ffrynt, dyma Mrs Morris... sori, Thelma, yn rhoi ei llaw ar fy mraich, a dweud,

"Bydda'n ofalus, Lena."

Gwenais a nodio fy mhen.

"Mi wna i, siŵr!"

Be oedd yn bod ar Thelma? Oedd hi'n meddwl 'mod i ddim yn ddigon hen i groesi'r ffordd ar fy mhen fy hun? Fel petai hi'n darllen fy meddwl, dywedodd,

"Dim wrth groesi'r ffordd na dim byd felly dwi'n feddwl. Dim ond... Wel, bydda'n ofalus," meddai eto, gan bwysleisio'r gair 'gofalus' gan wasgu fy mraich.

Nodiais fy mhen eto. "Mi wnawn ni, Thelma. Peidiwch â phoeni."

Dechreuodd Mr Huws a finnau ar ein tro, ond roedd fy mhen yn llawn o'r olwg bryderus oedd ar wyneb Thelma.

presenoldeb – *presence*
golwg bryderus – worried look

19

Roedd Mr Huws yn fwy gwyllt nag arfer wrth i ni fynd am dro, ac yn tynnu ar ei dennyn yn awyddus. Er ei fod o'n gi cryf, hyd yma roedd o fel arfer yn un da am gerdded yn daclus wrth fy ymyl, heb drio dangos ei gryfder. Ond heddiw roedd o'n debycach i gi ifanc oedd wedi cyffroi yn lân.

Ella mai dyma oedd Thelma Morris yn ei feddwl wrth ddweud wrtha i am fod yn ofalus. Ella bod Mr Huws wedi bod yn llawn cyffro ers iddo ddeffro ac roedd hi'n gweld y byddai'n fwy o dasg nag arfer ceisio cadw trefn arno. Ond tasai hi wedi dweud hynny, mi faswn i wedi gallu osgoi poeni amdani wedyn, a throi ei geiriau drosodd a throsodd yn fy meddwl.

Dim Thelma yn unig oedd ar fy meddwl, wrth gwrs. Ro'n i'n dal i bendroni am be oedd Meic wedi ei ddweud neithiwr am Ben, ei fod o wedi anghofio dweud wrtha i iddo bicio allan o'r swyddfa yn ystod y dydd, mae'n siŵr.

tennyn – *dog lead*

awyddus – *enthusiastic*

cyffroi yn lân – *very excited*

dal i bendroni – *still wondering*

Ond doedd Ben ddim yn anghofio pethau, nac oedd? A fasai o byth yn anghofio rhyw ffaith fel'na. Ac roedd hynny'n golygu ei fod o wedi dweud celwydd wrtha i, wedi 'anghofio' yn fwriadol. Ond pam? Pam fasai o'n gwneud hynny os nad oedd ganddo ddim byd i'w guddio? Doedd 'na ddim pen blwydd priodas na dim fel hynny ar y gorwel, felly doedd o ddim yn fater o guddio rhyw syrpréis hyfryd na dim byd felly! Roedd pob dim yn arwain at un peth: affêr.

Roedd fy meddwl mor bell, a Mr Huws yn tynnu mor ofnadwy fel na wnes i ddim sylweddoli 'mod i wedi cyrraedd rhywle oedd yn ddieithr i mi. Fel arfer, roedden ni'n mynd i lawr y stryd fawr a dŵad adra'n ôl heibio'r stad dai ac ar hyd yr afon cyn ailymuno â'r ffordd oedd yn arwain yn ôl at dŷ Thelma. Ond rhywsut neu'i gilydd, roeddan ni rŵan ar gyrion y dre wrth ymyl stad ddiwydiannol oedd wedi gweld dyddiau gwell.

Ac yna cyn i mi gael cyfle i geisio tynnu Mr Huws yn ôl, er mwyn i ni allu mynd yn ôl y ffordd daethon ni, mi ddiflannodd Mr Huws! Mae'n rhaid 'mod i wedi llacio fy ngafael ar y tennyn ychydig bach, ac i ffwrdd â fo dan gyfarth, i gyfeiriad un o'r adeiladau ym mhen draw'r stad.

Rhegais yn uchel, gan fod 'na neb o gwmpas i 'nghlywed

---

stad ddiwydiannol – *industrial estate*

wedi llacio fy ngafael – *loosened my grip*

rhegi – *to curse*

i! Roedd y lle yn dawel fel y bedd, a doedd neb yno ond y fi a'r hen gi hurt bost 'ma oedd wedi penderfynu mynd am dro ar ei ben ei hun! Damia fo!

"Mr Huws? Ty'd yn ôl y munud 'ma!" gwaeddais, a chlywed fy adlais yn gwneud hwyl am fy mhen!

"Munud 'ma… munud 'ma!"

Ond yna aeth pob man yn ddistaw eto!

"Mr Huws!" gwaeddais eto.

"Huws… Huws… Huws!" meddai'r adlais, ac am funud ro'n i eisiau chwerthin, roedd y sefyllfa mor absŵrd. Dyma fi, yn galw enw Mr Huws mewn stad ddiwydiannol anial, a neb yn fy nghlywed ond y gwynt! Am ffordd ryfedd i dreulio fy amser! Fe fyddai Meic yn siŵr o fwynhau'r stori pan fyddwn i'n dweud wrtho ar y shifft nesa!

Ond buan iawn y sobrais; doedd hi ddim yn sefyllfa ddoniol o gwbwl.

"Mr Huws! Ty'd yma!" gwaeddais eto, ella ychydig bach yn llai blin ac yn fwy pryderus. Be tasai'r ci wedi mynd yn sownd yn rhywle ac yn methu dŵad allan? Ella'i fod o wedi syrthio i mewn i ryw dwll dwfn, a'i fod o'n trio ateb ond ro'n i'n methu ei glywed!

Clywais sŵn crawcian aflafar a dyna lle oedd brân yn

adlais – *echo*
anial – *deserted*
crawcian – *to cackle/croak*
aflafar – *harsh*

cylchu uwch fy mhen. Doedd hynny'n fawr o gysur! Ro'n i wedi gweld gormod o ffilmiau cowboi efo Ben i wybod nad oedd crawcian brân uwchben byth yn arwydd da!

Yna, clywais sŵn cyfarth yn dŵad o rywle yn bell, bell i ffwrdd. Daliais fy ngwynt a gwrando'n ofalus eto. Dyna fo eto, cyfarthiad Mr Huws oedd hwnna, yn ddi-os.

Dechreuais ddilyn y sŵn.

20

Ar y dechrau, ro'n i'n meddwl ei bod hi'n amlwg o le oedd sŵn cyfarth Mr Huws yn dŵad. Gan gerdded yn reit gyflym (do'n i ddim yn mynd i redeg marathon i'r ci hurt, nag o'n wir!) es i draw i gyfeiriad un o'r siediau mwyaf ynghanol y stad, un â drysau mawr haearn arni, a chlo digon mawr i alw 'chi' arno yn gwarchod yr eiddo tu mewn.

Wrth i mi nesáu at y drws hwnnw, stopiodd y sŵn cyfarth. Ond doedd dim golwg o gwbwl o'r ci.

Gwrandewais yn ofalus, ac yna clywais Mr Huws eto, ond roedd ei gyfarthiad yn fwy ffyrnig y tro hwn, yn fwy desbret. Lle bynnag oedd o, doedd o ddim yn hapus.

Cyn pen dim ro'n i wedi dechrau rhedeg i gyfeiriad y sŵn.

Wrth gyrraedd yr adeilad yn y pen draw a throi'r gornel, rhewais. Dyna lle oedd Mr Huws ond roedd 'na ddau ddyn yn sefyll wrth ei ymyl. Gwisgai un ohonyn nhw siwt reit flêr ac roedd gan y llall het. Roedd y dyn yn yr het yn gafael yng ngholer Mr Huws ac yn trio ei ddal yn ôl rhag neidio

---

gwarchod – *to protect*

eiddo – *property*

i fyny ar y dyn yn y siwt. Ac yna sylwodd un ohonyn nhw 'mod i'n sefyll yno. Trodd y ddau a syllu arna i, heb ddweud yr un gair.

Ond wedi fy ngweld i, llamodd Mr Huws o afael y dyn oedd yn dal ei goler a neidio tuag ata i a'i gynffon yn ysgwyd. Roedd o mor falch i 'ngweld i.

"Sori... wedi... colli... fy nghi... Aeth o ar goll... Sori... dwi'n..."

Ond dal i syllu wnaeth y ddau dyn, a'u llygaid yn culhau.

Ac yna penderfynais fod yn well i mi adael. A hynny mor fuan â phosib.

"Ty'd, Mr Huws, yr hogyn drwg!" meddwn a chydio yn y tennyn gan droi ar fy sawdl a dechrau cerdded yn sydyn tuag at y lôn fawr. Wrth i ni gerdded, roedd Mr Huws yn dal i edrych yn ôl tuag ar y ddau ac yn chwyrnu'n isel yn ei wddw.

"Ty'd, ty'd!" meddwn. "Anghofia amdanyn nhw! Ty'd!"

Tasai o ond yn medru siarad! Be yn y byd oedd y ddau foi yna'n ei wneud yn cynllwynio ym mhen draw hen stad ddiwydiannol? Roedd yr ateb 'cyffuriau' i weld yn amlwg, ond eto roedd 'na rywbeth am y ddau oedd yn gwneud

---

llamu – *to leap*

culhau – *to narrow*

chwyrnu – *to growl*

cynllwynio – *to plot*

i mi feddwl nad delio cyffuriau oedden nhw. Doedd yna ddim ymgais i guddio unrhyw becyn bach, na dim byd, pan wnes i gyrraedd (ond ella wir bod hyn wedi digwydd cyn i mi landio, dwi'n gwybod hynny). Ond doedd pethau ddim yn taro deuddeg.

Penderfynais beidio â sôn gair am y peth wrth Thelma ar ôl i mi gyrraedd yn ôl, gan ei bod yn amlwg yn nerfus am y byd y tu hwnt i'w drws ffrynt eisoes. Fe fyddwn i'n dweud bod Mr Huws a minnau wedi cael tro bach braf a bod Mr Huws yn well o lawer ar ôl cael gwared ar dipyn o egni.

Ond wrth nesáu at y tŷ, roedd y cyrten les yn y parlwr ffrynt wedi ei dynnu'n ôl ac roedd Thelma'n sefyll yno fel sowldiwr, yn amlwg wedi bod yn disgwyl amdanan ni ers tro.

Cafodd y drws ffrynt ei agor i ni ymhen dim.

"Lle 'dach chi 'di bod? 'Dach chi'n hwyrach o lawer nag arfer, eich dau!" meddai, gan edrych yn bryderus arna i, ac yna ar Mr Huws, oedd yn syllu arni hi fel petai o'n deall pob gair.

"Mi benderfynodd Mr Huws ei fod wedi blino ar ein taith arferol a mi aeth â fi yn bellach nag o'n i 'di'i feddwl!" atebais, gan geisio swnio'n ddidaro. "Mae o'n llawn egni heddiw, tydy!"

---

taro deuddeg – *to feel right (lit. to hit twelve)*
didaro – *nonchalant/casual*

"Welodd rhywun chi? Oeddech chi'n… oeddech chi ynghanol pobol eraill?" gofynnodd Thelma wedyn, a syllu'n daer i'n llygaid i wrth ofyn y cwestiwn od.

Penderfynais na fyddai dweud y gwir yn syniad da. Roedd Thelma i weld yn poeni yn ofnadwy am rywbeth, a do'n i ddim eisiau ychwanegu at ei phryder.

"Oeddan tad, dim ond mynd i ben draw y stryd fawr wnaethon ni a dŵad adra ar ffordd wahanol wedyn. Ma'n rhyfedd sut mae tro hanner awr yn medru mynd yn nes at awr heb i chi sylwi, tydy!"

Cefais wên fach wan yn ôl gan Thelma, ond roedd yn amlwg o'i llygaid nad oedd hi'n credu fy stori gant y cant.

Gwrthod ei chynnig i fynd i mewn am banad arall wnes i. Do'n i ddim yn meddwl y baswn i'n medru dal at fy stori petai hi'n holi ymhellach.

Ond llygaid pryderus Thelma oedd yn fy meddwl yr holl ffordd adra. Hynny a dyn mewn hen siwt flêr ac un arall mewn het…

syllu'n daer – *to stare imploringly*

21

Pan gyrhaeddais adra, sylwais fod 'na olau coch ar y ffôn yn y cyntedd, yn dweud bod gen i neges peiriant ateb. Gwrandewais ar lais robotaidd y ffôn i ddechrau: "You have one new message." Pam mai dynes oedd y llais yma pob tro, meddyliais!

Caio oedd yno. Es i'n wan yn syth wrth bwyso'r botwm a dechrau clywed ei lais, ond buan iawn y gwnes i deimlo'n well. Roedd o'n swnio'n hapus iawn ei fyd.

"Haia Mam! 'Dach chi'n iawn? Caio sy 'ma. Yn amlwg (CHWERTHINIAD). O'n i jest isio… Wel, ffoniwch fi, ia? Pan 'dach chi'n cael y neges 'ma? Diolch! Caru chi!"

Eisteddais wrth y ffôn am funud ar ôl gwrando ar ei neges. Roedd y tŷ yn teimlo hyd yn oed yn ddistawach rŵan bod llais Caio wedi mynd.

Edrychais ar fy wats wedyn a sylweddoli ei fod wedi ffonio ers tua awr. "Ffoniwch pan 'dach chi'n cael y neges", dyna ddwedodd o, ond be tasai ganddo ddarlith erbyn hyn? Penderfynais fentro a ffonio beth bynnag.

Atebodd yn syth.

"Haia Mam, 'dach chi'n iawn?"

"Dwi'n grêt! Chditha?"

"Yndw, dwi wrth 'y modd yma. Wedi gneud lot o ffrindia. Lot o gymdeithasu…"

"A'r cwrs? Sut ma'r cwrs?" Wel, os nad o'n i'n chwarae rôl y fam ddiflas gyfrifol, pwy oedd yn mynd i wneud hynny?

Chwerthin wnaeth Caio. "Ia, ma'r cwrs yn mynd yn dda hefyd! Dwi'n joio!"

"A sut ma'r pres yn dal? Sgen ti ddigon?"

"Ma'n iawn. Wnes i wario gormod braidd yn yr wythnosa cynta, ond dwi'n dechra callio rŵan."

"Reit dda chdi!"

Pam oedd o'n ffonio, meddyliais. Os oedd pob dim yn iawn, pam oedd o'n ffonio?

"Sgin ti hiraeth? Pa bryd ti'n dŵad adra nesa?"

Grêt, Lena, meddyliais. Cynnil fel bricsan! Ond mae'n rhaid bod Caio heb fy nghlywed i, achos wnaeth o ddim ateb, dim ond gofyn,

"Ydy Dad yn iawn?"

"Yndy, sti…"

"'Dach chi 'di cael… gair efo fo?"

"'Dan ni'n rhannu sawl gair mewn diwrnod…"

"Dim dyna… 'Dach chi 'di siarad? Sortio petha?"

Pwysais yn ôl a rhoi fy mhen ar y wal tu ôl i mi. Roedd

---

cymdeithasu – *to socialise*

callio – *to wisen up*

cynnil fel bricsan (gog) = bricsen (de) – *subtle as a brick*

o'n gwybod! Yn gwybod. Am Ben. Am yr affêr. Mae'n rhaid bod pethau'n fwy difrifol nag o'n i'n ei feddwl os oedd Ben wedi mynd i'r drafferth i ddweud wrth Caio, o bawb! A heb drafferthu dweud wrtha i, ei wraig!

"Mam?"

Deffrais wrth glywed llais Caio eto.

"Ma pob dim yn OK, Caio. Sortiwn ni betha," meddwn.

Mae'n rhaid 'mod i'n swnio'n reit hyderus wrth ddweud y geiriau, achos roedd Caio'n swnio'n hapus â'r ateb.

"Dwi'n siŵr fydd petha'n iawn, 'chi, Mam. Tydy o ddim yr amsar gora i chi fynd drwy betha fel hyn, nacdi? Efo fi wedi gadael am y coleg a phob dim. Ond mi ddowch chi drwyddi, dwi'n siŵr. Dim ond i chi ddal i gredu!"

Ai hwn oedd yr hogyn ifanc oedd wedi gadael y nyth ychydig wythnosau ynghynt, heb syniad sut i wneud spaghetti bolognese? Roedd o'n swnio mor gall, mor aeddfed!

Dwi ddim yn cofio be ddywedais i wedyn, dim ond "diolch", neu "cym ofal", neu "pryd ti'n ffonio nesa?", mae'n siŵr, yr un hen bethau arferol. Ac yna ro'n i'n gafael yn y ffôn ac yn gwrando ar y dôn hir undonog oedd yn arwydd bod y sgwrs ar ben.

---

dal i gredu – *to still believe, to hold out hope*

aeddfed – *mature*

undonog – *monotonous*

22

"Hannar o lagyr fel arfer?" gofynnodd Meic.

"G'na fo'n beint!" medda finnau. "Plis!"

"Peint amdani, 'lly," meddai Meic, dan wenu.

Do'n i ddim yn gyrru, felly pam lai?

Roedd y dafarn yn brysur, gan ei bod yn amser cinio dydd Gwener a llond y lle o bobol mewn siwtiau. Roedd cynnwrf y penwythnos wedi dechrau gwau ei hud amdanyn nhw i gyd yn barod. Dyna un peth o'n i'n ei golli am weithio: y teimlad pnawn dydd Gwener arbennig hwnnw.

Prin y medrwn i weld pen cyrliog tywyll Meic wrth y bar, roedd y lle mor brysur. Wrth lwc, roeddan ni wedi cael bwrdd bach i eistedd yng nghornel y dafarn, yn ddigon pell o'r sgrin deledu fawr oedd yn dangos chwaraeon o bob math am bedair awr ar hugain. Pwy sydd eisiau edrych ar chwaraeon am 24 awr! Eisteddais yn ôl a dechrau ymlacio. Roedd hyn yn syniad da. Dŵad i dafarn ddiarth oedd yn llawn o bobol ddiarth er mwyn i Meic a fi fedru siarad am Ben a galwad ffôn Caio. Dim fod 'na unrhyw beth

cynnwrf – *excitement*

gwau ei hud – *to weave its magic*

i'w ddweud mewn gwirionedd. Roedd pob dim wedi cael ei ddweud, toedd? Roedd hi mor amlwg â... â ffroth ar beint o gwrw bod Ben yn cynnal rhyw fath o garwriaeth gyfrinachol ers tro, a'i bod mor ddifrifol nes iddo fwrw ei fol wrth Caio.

"Pork scratchings!" meddai Meic, a thaflu paced bach llwyd ar y bwrdd bach o 'mlaen, gan osod dau beint o lagyr i lawr hefyd.

"Ych a fi! Dim diolch!" meddwn, a thynnu fy nhafod. Chwerthin wnaeth Meic.

"Duwcs, wneith o ddim dy ladd di!" meddai Meic yn ôl, gan agor y paced a dechrau eu bwyta, cyn gafael yn ei wddw a dechrau esgus tagu.

"Doniol iawn!"

Do'n i ddim yn yr hwyliau gorau, ond unwaith eto, ro'n i'n methu peidio â gwenu yng nghwmni Meic.

"Felly be dwi'n mynd i neud nesa, Meic?"

"Hmmm… Am be ddudodd Caio, ia?"

"Ia!"

"Hmmm," meddai eto. "Anodd. A ti'n siŵr bo chdi 'di clywed be ddwedodd o'n iawn? Tydy signal y ffonau symudol yma ddim yn wych weithia…"

"Do! Wnes i glywed be ddudodd o'n berffaith glir! Yn anffodus! Gofyn wnaeth o oedd Ben yn iawn ac os oeddan ni wedi cael cyfle i siarad ac i sortio petha. Dyna'n union

cyfrinachol – *secretive*

ddudodd o, Meic."

"Wela i…" dechreuodd Meic gnoi yn arafach ac yn fwy meddylgar.

"Felly ma'n hollol amlwg be sy'n mynd ymlaen, tydy? Ma Ben yn cael affêr, a mae o 'di dewis deud wrth ei fab yn hytrach na'i wraig! A ma raid bod hon yn fwy na rhyw ffling, neu fasai o ddim yn trafferthu deud wrth Caio, na fasai!"

Doedd hyd yn oed Meic ddim yn gallu anghytuno â hynny.

"Rhaid i mi ddeud bod petha ddim yn edrych yn dda…" meddai Meic, a rhoi ei law ar fy mraich. "Sori, Lena. Do'n i byth yn meddwl basai Ben o bawb…"

Hynny oedd y drwg, y ffaith bod Meic, Mistar Positif ei hun, yn gorfod cydnabod i Ben fod yn anffyddlon. Dyna wnaeth i mi ddechrau crio i mewn i fy lagyr, sniffian crio fel rhyw hogan ysgol oedd wedi cael ei brifo, nid fel dynes ganol oed oedd yn siarad am ei gŵr, y dyn yr oedd hi wedi ei garu ers pan oedden nhw yn yr ysgol.

"Hei, ty'd 'wan," meddai Meic yn annwyl. "Fydd dy fasgara di'n rhedeg! Fyddi di'n edrych fel Seren! Ty'd! Cym hances!"

Codais fy mhen a gafael yn yr hances bapur oedd Meic yn ei chynnig. A dyna pryd welais i o. Roedd o'n sefyll yn

---

meddylgar – *pensive/thoughful*

cydnabod – *to acknowledge*

pwyso yn erbyn y bar ym mhen pella'r dafarn, yn syllu arna i.

Er ei fod o'n eitha pell oddi wrtha i, ac er bod y dafarn yn llawn pobol, ac er ei fod o ar ei ben ei hun tro 'ma, ro'n i'n ei nabod o: y barf, y croen llyfn… hwn oedd y dyn oedd ar y stad ddiwydiannol efo'r dyn arall ddoe. Y dyn yn yr het!

"Lena?" gofynnodd Meic, pan welodd o fi'n syllu i gyfeiriad y dyn. Y funud honno, digwyddodd rhyw strach wrth y bar. Trodd Meic ei ben, ond erbyn hynny roedd y dyn wedi diflannu.

"Lena? Ti'n iawn?" gofynnodd Meic eto. "Ti'n edrych fel taset ti 'di gweld ysbryd!"

23

Doedd gen i fawr o fynedd aros yn hir yn y dafarn wedyn. Bu heddiw yn ddiwrnod llawn cynnwrf a do'n i ddim wedi cael llonydd i drio gwneud synnwyr o bob dim ar fy mhen fy hun. Ac er bod Meic yn ffrind da oedd yn fodlon bod yn glust i mi, do'n i ddim yn barod eto i ddweud wrtho am y dyn yn y dafarn a'r digwyddiad efo'r ci. Roedd o wedi gwrando digon arna i am un diwrnod.

A ph'run bynnag, ro'n i wedi bod yn troi geiriau Caio yn fy meddwl eto, dro ar ôl tro.

"Dal i gredu." Dyna oedd o wedi'i ddweud, yn te? "Mi ddowch chi drwyddi, dim ond i chi ddal i gredu."

Pam fasai o'n dweud hynny os doedd o ddim yn meddwl bod yna obaith i briodas Ben a finnau? Os oedd Ben wedi dweud wrth Caio ei fod o'n dymuno fy ngadael i er mwyn symud i mewn at y… ddynes arall 'ma, pam fasai Caio yn llawn ffydd y byddai'n priodas ni'n iawn?

Roedd yr holl feddyliau yma yn troi yn un lobsgows yn fy mhen. Penderfynais mai'r unig beth yr oeddwn i eisiau ei wneud oedd mynd i orwedd i lawr a chau fy llygaid mewn tŷ gwag, distaw. Cau fy llygaid a chau'r byd allan yn yr un ffordd.

"Helô!" gwaeddais ar ôl agor y drws ffrynt. "Helô?"

Pryd faswn i'n stopio'r arferiad yma, tybed? Fyddwn i'n dal i alw "Helô" wrth wthio'r goriad yn nhwll y clo pan fyddwn i'n hen wraig? Fel Thelma. Yn syllu yn ddiymadferth ar ardd gefn wyllt ac yn dibynnu ar bobol eraill i fynd â fy nghi am dro...

Penderfynais gau'r llenni yn y lolfa a mynd i orwedd ar y soffa. Do'n i ddim eisiau mynd i orwedd ar y gwely a finnau'n holliach. Eisiau llonydd oeddwn i, dyna i gyd. Eisiau anghofio am bob dim am ryw awr.

Pan ddeffrais oriau'n ddiweddarach, roedd y lolfa'n dywyll, roedd 'na bwysau bwndel blewog ar fy mrest, a sŵn grwndi bodlon yn dŵad o'r bwndel blewog. Eisteddais i fyny. Neidiodd y bwndel blewog i ffwrdd gyda rhyw sŵn bach blin!

"Dos o 'ma, Dwynwen!"

"O, ti 'di deffro!"

Ben! Deffrais yn llwyr.

"Ben, be ti'n....?"

"Roeddach chdi'n cysgu mor braf pan ddois i adra. Do'n i'm yn licio rhoi'r gola 'mlaen rhag ofn i mi dy ddeffro di," meddai, a'i lais yn swnio'n... wahanol. Yn drist.

"'Nes i'm... meddwl..."

"Ti 'di blino. Ma'r shiffts yna'n yr orsaf yn siŵr o fod yn

---

diymadferth – *powerless*

holliach – *perfectly healthy*

tynnu rhywbeth allan ohonat ti," meddai Ben.

"Dwi'n iawn! Dwi'n grêt! Jest…"

Do'n i ddim eisiau i Ben ddechrau fy ngweld mewn golau rhy ddrwg, fel rhywun hen! Mi fasai hynny'n ei gwneud hi'n haws iddo drio cyfiawnhau be oedd o'n ei wneud, basai! Pwy fasai ddim eisiau dianc oddi wrth wraig ganol oed oedd newydd ymddeol ac yn wynebu bywyd gwag!

"Isio llonydd dwi, Ben! Iawn? Jest isio medru… medru gneud rhywbeth heb i rywun arall roi blincin barn am y peth o hyd!"

Ro'n i'n swnio'n afresymol, ond do'n i ddim yn medru dal yn ôl.

Eisteddodd y ddau ohonan ni yn y tywyllwch am ychydig, heb ddweud gair.

"Felly 'dos o' ma, Ben' hefyd, ia? Nid Dwynwen yn unig?" meddai Ben.

"Dyna ti'n feddwl?"

"Ti isio mynd o 'ma?"

Teimlais fy nghalon yn curo. Dyna fo. Ro'n i wedi gofyn Y CWESTIWN PWYSIG. Ond do'n i ddim yn siŵr os o'n i'n barod am yr ateb, chwaith. Do'n i ddim yn siŵr o gwbwl.

"Ma… raid i mi fynd i ffwrdd beth bynnag…"

"I ffwrdd?"

cyfiawnhau – *to justify*

afresymol – *unreasonable*

Fel adlais.

"Efo… efo gwaith. Dros y penwythnos 'ma," meddai Ben mewn llais distaw.

"Reit."

Rhaid, 'ta eisiau, meddyliais.

"Efo dy waith?"

"Ia."

Eisteddodd y ddau ohonan ni mewn distawrwydd eto. Ceisiais chwilio am y geiriau iawn i'w dweud, ond methu wnes i. Pan 'dach chi'n briod â rhywun ers cymaint o amser, 'dach chi'n dŵad i'w nabod nhw bron cystal â 'dach chi'n eich nabod chi eich hun. Roedd o'n dweud celwydd.

"Dim ond dwy noson," meddai eto, fel tasai hynny'n gwneud pob dim yn iawn, yn siort orau!

Ond doedd gen i ddim egni i ddadlau, i gwffio. Os oedd o eisiau mynd i dreulio penwythnos efo'r ddynes arall, pwy bynnag oedd hi, do'n i ddim yn mynd i ymladd i drio newid ei feddwl.

"Well ti fynd i bacio felly, tydy, Ben?"

Safodd Ben ar ei draed a throi golau'r lamp ymlaen. Edrychodd arna i, ac roedd o fel petai o ar fin dweud rhywbeth arall pan stopiodd ei hun. Cerddodd allan o'r ystafell, gan fy ngadael i a'r gath yn syllu ar ein gilydd.

24

Fe wawriodd diwrnod newydd arall o'r diwedd. Ro'n i wedi bod yn effro ers oriau, ac yn edrych ar y nos yn ymgilio'n araf ac yn gadael i'r golau dydd gymryd ei lle.

Roedd Ben yn effro ers oriau hefyd, dwi'n siŵr. Ond wnaeth o na fi ddim cydnabod hynny.

Mae'n amhosib gwybod sut ydach chi'n mynd i ymateb i rywbeth fel hyn. Taswn i'n ddynes betio, mi faswn i wedi betio y baswn i'n mynd yn flin fel cacwn, ac yn methu rheoli fy nhymer efo fo. Ond fel y digwyddodd pethau, dim ond gorwedd yn llonydd ac yn ddistaw fel dol bren wnes i, ac unrhyw awydd i ymladd drosto wedi mynd i rywle.

Gwrandewais arno'n codi ac yn cael cawod, ac yn symud o gwmpas y stafell yn rhoi pethau yn ei gês.

Aeth i lawr y grisiau, a gallwn glywed sŵn tincial y llestri wrth iddo baratoi ei frecwast. Clywais sŵn ei draed ar y grisiau a drws y llofft yn agor eto. Roedd o'n sefyll yn edrych arna i yn y gwely.

"Ti'n barod i fynd?" gofynnais.

ymgilio – *to retreat*
methu rheoli fy nhymer – *unable to control my temper*

"Yndw!" meddai. "Ac ar ôl i mi ddŵad 'nôl…"

"Ia, ia." Torrais ar ei draws a throi fy nghefn ato fel fy mod yn edrych ar y wal. Wnes i ddim symud modfedd tan i mi glywed y drws ffrynt yn agor ac yn cau… tan i mi glywed fy hen ffrind y distawrwydd yn ailafael yn y tŷ unwaith eto.

Mae'n rhaid 'mod i wedi syrthio yn ôl i gysgu, achos cefais fy neffro gan gloch y drws ffrynt yn canu eto ac eto. Llusgais fy hun o ryw freuddwyd gymysglyd. Oedd Ben wedi anghofio rhywbeth? Wedi newid ei feddwl? Yn sefyll ar y stepan drws rŵan ac yn barod i grefu am faddeuant?

Ac yna deffrais yn iawn a sylweddoli bod hynny'n bathetig ac yn annhebygol. Pam fasai o'n canu cloch ei ddrws ei hun ac yntau'n berchen ar ei oriadau ei hun? A pham fasai o'n mynd, ac yn newid ei feddwl yr un mor sydyn fel'na beth bynnag!

Canodd y gloch unwaith eto, a phenderfynais y byddai'n rhaid i mi ei ateb. Do'n i ddim yn disgwyl parsel na dim byd felly, meddyliais. A doedd y postmon ddim fel arfer yn canu'r gloch fel arall. Ond pwy bynnag oedd yno, yn amlwg doedden nhw ddim am adael llonydd i mi!

Agorais y drws a dyna lle roedd Seren yn sefyll yno,

crefu am faddeuant – *to plead for forgiveness*

annhebygol – *unlikely*

heb ei cholur du arferol, ac yn edrych yn hynod o ifanc o'r herwydd. Roedd hi wedi dechrau tywallt y glaw, mae'n rhaid, a doedd ganddi ddim côt, felly roedd Seren yn edrych yn reit druenus!

"Ga i air? A ga i ddŵad i mewn? Plis?" gofynnodd, ac agorais y drws led y pen iddi. Gwenodd arna i'n ddiolchgar.

Aeth y ddwy ohonan ni i'r gegin.

"Panad? Brecwast?" gofynnais, o weld Seren yn llygadu torth o fara roedd Ben wedi ei gadael ar y bwrdd. "Ti'm 'di cael brecwast, naddo?"

"Ddois i yma ar dipyn o frys!" cytunodd Seren. "Ond… rhaid i mi siarad gynta."

"O?"

"Am Thelma Morris."

Cyflymodd fy nghalon.

"Ydy hi'n iawn?"

"Yndy… wel, dydy hi'm yn sâl na dim byd felly, 'de, ond… Dwi'n poeni amdani braidd!"

"Pam?"

Rhoddais y tegell ymlaen a tharo dwy dafell o fara yn y tostar. Roedd sgwrs wastad yn well dros banad gynnes a thafell o dost poeth, meddyliais, beth bynnag fo'r achlysur.

---

tywallt y glaw (gog) = arllwys y glaw (de) – to pour with rain

llygadu – to eye up

tafell (gog) = sleisen (de) – slice

25

"Pam ti'n poeni am Thelma Morris, felly, Seren?" gofynnais eto.

"Wel, dwi'n poeni ei bod hi'n dechra drysu!"

"Drysu?"

"Mi ffoniodd fi neithiwr, tua'r deg 'ma. Deud ei bod hi'n meddwl bod 'na rywun yn yr ardd."

"Rhywun yn yr ardd?"

"Sori, Lena, 'dach chi'n meindio peidio ag ailadrodd pob gair dwi'n ddeud!" meddai Seren a golwg boenus arni. Ond gwenu wnes i.

"Sori! Dwi'n ama ma parot o'n i mewn bywyd arall!" dywedais dan wenu.

Chwarddodd Seren. Roedd hi mor braf clywed chwerthin ifanc yn y tŷ unwaith eto.

"Doniol 'dach chi!" meddai, gan estyn am y banad yr o'n i wedi ei gosod o'i blaen ar y bwrdd. "Ond o ddifri rŵan, dwi'n poeni amdani, 'chi!"

Roedd Thelma Morris yn swnio braidd yn bryderus ddoe, cofiais. Roedd hi wedi dweud wrtha i am fod yn

---

ailadrodd – *to repeat*

ofalus wrth fynd â Mr Huws am dro, ac roedd hi yno yn disgwyl amdanan ni yn y ffenest wrth i ni ddŵad yn ôl.

"Mae hi'n hen. Ma'r byd yn lle brawychus, bygythiol pan ti'n hen ac yn byw ar dy ben dy hun, dwi'n siŵr, sti."

"Yndy, ella, ond ma hyn yn wahanol, Lena," mynnodd Seren, ac estyn am dafell o dost. "Mae hi wedi dechra deud petha eraill hefyd."

"Do?"

"Dim dyma'r tro cynta iddi ffonio fi gyda'r nos fel hyn. Mae hi wedi gneud ddwywaith o'r blaen. Wsnos diwetha. Yn deud bod 'na rywun yn edrych ar y tŷ o ochr arall y stryd. Rhywun yn sefyll yno mewn het a chôt hir, jest yn syllu ar y tŷ, meddai. Mi fasai hynna'n ddigon i godi ofn ar unrhyw un, yn basai?"

Cytunais y byddai hynny'n beth annifyr iawn. Ac fel o'n i'n siarad ro'n i'n ymwybodol o ryw hen deimlad oer, annifyr yn dechrau cerdded drwydda i. Rhyw gysylltiad oedd yn dechrau ffurfio rhwng fy mhrofiad i a'r hyn yr oedd Thelma wedi ei brofi. Y dyn yn yr het.

"Ydy hi?"

Roedd Seren yn syllu arna i rŵan, yn amlwg yn disgwyl ateb i'w chwestiwn.

"Sori… y… ydy hi be?" gofynnais, a chymryd llwnc arall o'r coffi er mwyn ceisio ymddangos yn ddidaro.

brawychus – *frightening*

"Ydy hi wedi sôn rhywbeth wrthach chi? Am ddyn yn yr ardd neu am ddyn yn syllu ar y tŷ o ochr arall y stryd?"

Ysgydwais fy mhen.

"Naddo, Seren. Tydy hi erioed wedi sôn am y petha hynny wrtha i," meddwn. Ac roedd hynny'n berffaith wir.

"Ond...?" gofynnodd Seren, yn edrych yn ofalus arna i.

"Ond mi wnes i sylwi ei bod hi'n fwy... yn fwy nerfus nag arfer. Y diwrnod o'r blaen, pan es i â Mr Huws am dro."

"Sut oedd hi'n fwy nerfus?" holodd Seren, ac roedd yn rhaid i mi ddweud yr hanes amdani hi'n dweud wrtha i am fod yn ofalus, a'r ffaith ei bod ar bigau'r drain tan i mi a Mr Huws ddŵad yn ôl adra'n saff.

Wedi clywed hyn, eisteddodd Seren yn ôl, a golwg feddylgar arni.

"Ydy hi'n rhyfedd yma?" gofynnodd, ac edrych o gwmpas y gegin. "Heb eich mab? Tra mae o i ffwrdd yn y coleg?"

"Dwi'n dechra dŵad i arfer!" meddwn, a cheisio gweld lle oedd trywydd y sgwrs yn arwain.

"Ma'r lle yn edrych yn wahanol, ydy o? Yn teimlo'n wahanol? Rŵan bod o ddim o gwmpas?"

"Wel... yndy, ma'n siŵr... Ond ma rhaid i mi ddechra arfer, toes? Fel hyn fydd hi o hyn ymlaen. Dim ond fi..."

"A'ch gŵr..." meddai Seren, ac edrych arna i eto. Roedd

ar bigau'r drain – *on tenderhooks (lit. on top of thorns/brambles)*
trywydd y sgwrs – *direction of the conversation*

hi'n edrych mor ifanc, ac eto roedd yna rywbeth aeddfed iawn yn y ffordd yr oedd hi'n siarad, fel tasai 'na berson profiadol iawn yn cuddio tu mewn iddi.

"'Dach chi'n meddwl mai drysu mae hi?" meddai wedyn. "Thelma Morris, dwi'n feddwl. 'Dach chi'n meddwl bod y ffaith ei bod yn byw ar ei phen ei hun wedi gwneud iddi ddechra colli'r plot, 'lly?"

"Ma'n siŵr... Ma'n bosib, tydy?" atebais. Ac eto, doedd 'na ddim byd arall yn ymddygiad Thelma Morris oedd yn awgrymu ei bod yn dechrau colli arni. A dweud y gwir, roedd hi'n arbennig o gall a rhesymol am ei hoed.

"Ond tydy hynny ddim yn ffitio chwaith, nacdi Lena?" Roedd Seren fel petai hi'n darllen fy meddyliau! "Mae hi i weld yn hollol iawn, yn hollol o gwmpas ei phethau fel arall. Mi fasai hi siŵr o fod yn deud petha eraill od tasai o'n fater o ddechra drysu yn gyffredinol..."

Ro'n i'n cytuno.

"... Sy'n arwain rhywun i feddwl ella'i fod o'n wir. Mae 'na rywun yn sbio ar y tŷ, yn sbecian arni hi, yn cadw golwg... Ych a fi!"

Ysgydwodd Seren ei hysgwyddau fel petai rhyw oerni wedi gafael ynddi hi.

"*Creepy*, 'ta be!"

---

colli arni – *losing it*

o gwmpas ei phethau – *to have her wits about her (lit. to be about her things)*

"Ond dwi'm yn meddwl dylen ni ruthro i feddwl hynny'n syth, chwaith, Seren." Roedd yn rhaid i mi drio rheoli'r sefyllfa, fel yr oedolyn cyfrifol yn y stafell i fod!

"Ma'n bosib bod llygaid Thelma'n dechra mynd yn waeth, a'u bod yn dechra chwara tricia arni hi, yn gweld person mewn cysgodion, yn dychmygu petha."

"Mmm… ma hynny'n wir…" meddai Seren eto. "Ond dwi yn meddwl y dylen ni ei chymryd hi o ddifri. Sgynni hi neb arall ond ni i droi ato, nag oes?" Yna ychwanegodd, "'Dach chi'n brysur heddiw?"

Meddyliais am yr oriau gwag o 'mlaen, yn hel meddyliau am Ben a'r hyn oedd o'n ei wneud ar ei benwythnos i ffwrdd efo'i 'waith'.

"Ella bod gen i ryw awr neu ddwy yn sbâr…" meddwn. "A dwi'n mynd â Mr Huws am dro rhyw ben heddiw i fod."

"Awn ni draw? Efo'n gilydd? Trio peidio gneud iddo fo swnio fel bo ni'n poeni, jest bod y ddwy ohonan ni wedi digwydd taro ar ein gilydd a phenderfynu mynd i ddeud 'helô' wrthi."

"Syniad da."

Fe fyddai Thelma Morris yn siŵr o amau'r esgus yna, meddyliais wrtha i fy hun. Ac eto doedd hynny ddim yn beth drwg, ella.

---

rhuthro – *to rush*

cyfrifol – *responsible*

"Ond ma raid i mi fynd adra gynta. I wisgo," meddai Seren a llowcio gweddill ei choffi.

"Ond ti wedi gwisgo'n barod!"

Edrychais ar y crys tsiec a'r jîns oedd amdani. Iwnifform person ifanc!

"Be, rhein?" atebodd yn ddilornus. "Faswn i'm yn licio cael 'y ngweld go iawn yn rhein, siŵr iawn! A dwi'm 'di gwisgo 'ngholur Goth eto! Faswn i'n teimlo'n hollol noeth! A ddim fel fi o gwbwl!" meddai, heb arwydd o wên ar ei hwyneb!

"Ydy awr yn ddigon o amser i chdi?" gofynnais.

"'Dach chi'n briliant, Lena! Welai chi tu allan i dŷ Mrs Morris mewn awr, 'ta!"

Gadawodd Seren y gegin, gan fachu darn arall o dost oddi ar y plât cyn diflannu.

Syllais ar Dwynwen y gath oedd yn edrych i lawr ei thrwyn arna i o'i sêt gyfforddus ger y rheiddiadur.

"Be?!" gofynnais iddi yn amddiffynnol.

---

dilornus – *scathing*

noeth – *naked*

rheiddiadur – *radiator*

amddiffynnol – *defensive*

26

Ro'n i wedi bod yn y swydd anghywir ar hyd fy mywyd. Actores ddylwn i fod wedi bod, nid rhywun oedd yn gweithio mewn ffatri gemegol. Ac ro'n i hefyd yn meddwl bod gan Seren ddyfodol mawr yn y byd actio.

Fe wnaethon ni'n dwy chwarae ein rhan yn berffaith ar stepen drws Thelma.

"Dyna ryfedd! Digwydd taro ar Seren wnes i, 'te, Seren, a finna ar fy ffordd yma…"

"Y… ia," ategodd Seren. "A dwi'm 'di bod yn y rhan yna o'r dre ers oesoedd! Rhyfadd 'te! Cyd-ddigwyddiad go iawn!"

"Cyd-ddigwyddiad, ia wir!" meddai Thelma, ac os oedd hi'n amau rhywbeth wnaeth hi ddim dangos hynny o gwbwl. Agorodd y drws led y pen a'n brysio i mewn i'r tŷ, ond nid cyn edrych i fyny ac i lawr y stryd a chau'r drws yn glep ar ein holau, sylwais.

"Wel, wel, dyma be ydy syrpréis neis!" meddai Thelma. "Biti na faswn i wedi gwneud teisen. Mi fasai cacen fach yn neis iawn efo dwy o'n ffrindiau gorau, basai!"

agor… led y pen – *to open wide*

"Wel, dyna i chi gyd-ddigwyddiad arall!" meddwn, a difaru yn syth 'mod i wedi dweud yr un geiriau â Seren. Roedd ailadrodd yr un sgript siŵr o fod yn beth gwirion i'w wneud!

Es i'm bag ac estyn teisen lemon mewn paced. Ro'n i wedi stopio yn y siop ar y gornel yn ymyl tŷ Thelma ac wedi ei phrynu yn bwrpasol er mwyn i'r tair ohonan ni gael panad a sgwrs go iawn.

"Bobol bach, i mi ma honna?" gofynnodd Thelma. "Dylech chi ddim, dylech chi fynd â hi adra i'r teulu, wir!" meddai wedyn, ond sylwais ei bod yn mynd i gyfeiriad y cwpwrdd er mwyn estyn tri phlât a chyllell.

"Mi wnes i ei phrynu hi mewn camgymeriad, deud y gwir. Does 'na neb ond y fi adra dros y penwythnos, Thelma," meddwn, heb orfod actio o gwbwl y tro yma, wrth gwrs.

"O? Sut felly?"

"Wel, ma Caio'r mab yn y coleg, tydy, a wedyn ma Ben… 'y ngŵr i… Mae o i ffwrdd. Efo'i waith."

"W, lyfli! Dwi wrth 'y modd efo teisan lemon!" meddai Seren, a dechrau torri tair tafell o'r deisen i ni. "Gewch chi wneud camgymeriad fel hyn eto, Lena!"

Atebais i mohoni, dim ond gwenu ar Thelma.

"Ma raid bod gan Ben waith pwysig iawn i'w dynnu oddi wrth benwythos efo'i deulu," meddai Thelma, dim byd ond cydymdeimlad yn ei llais. "Ma teulu yn rhywbeth gwerthfawr iawn, iawn, y trysor mwya yn y byd. Cofiwch chi hynna, genod. Y trysor mwya."

Aeth y tair ohonan ni'n ddistaw am eiliad, yna dechreuodd Seren chwarae rôl y weinyddes glên a rhannu'r platiad o deisen rhwng pawb.

"'Dach chi'n medru bod yn unig weithia, ma'n siŵr, yndach, Mrs Morris?" gofynnodd wrth wneud.

"Fi? Unig? Yndw wir, cyw. Ma'r diwrnod yn medru bod reit hir a finna ar fy mhen fy hun. Er bod gin i Mr Huws yn gwmni, wrth gwrs."

Wrth glywed ei enw, daeth Mr Huws o'i fasged wrth y drws cefn yn y gegin a rhoi ei ben mawr smart i orwedd ar lin Thelma.

"Ond tydy o'm yr un fath, nacdi?" meddai gan fwytho clustiau melfed yr hen gi. "Roedd Ralph a finna'n briod am hanner can mlynedd. Yn ffrindia mawr. Fedrwch chi byth ddod dros rywbeth felly…"

"Oedd gynnoch chi 'rioed awydd cael plant, Thelma?" gofynnais, mor sensitif ag y medrwn.

Eisteddodd Thelma yn fwy stiff yn ei sêt wrth glywed y geiriau.

"Doedd hynny ddim i fod i ni," meddai. "Yn anffodus."

Doedd dim rhaid iddi hi ddweud mwy. Nid pawb sy'n ddigon ffodus i fedru cael plant. Roedd gen i rywfaint o

trysor – *treasure*
mwytho – *to carress*
awydd – *desire*

syniad beth oedd methu, gan ein bod wedi trio cael brawd neu chwaer fach i Caio ers talwm, ond heb lwc.

"Mi wnaeth Nain farw cyn Taid gynnon ni…" meddai Seren annwyl, a briwsion melyn y gacen o gwmpas ei cheg finlliw ddu. "A mi aeth Taid reit ryfedd am 'chydig wedyn, dwi'n cofio. Meddwl bod o'n… clywed sŵn… gweld petha."

"Sut fath o betha?" gofynnais, yn bwydo'r llinell nesa i Seren er mwyn iddi hi gael siarad am y ffigwr yr oedd Thelma Morris wedi ei weld.

"Wel… meddwl bod yna bobol yn siarad yn y stafell nesa, yn un peth," meddai Seren. "Meddwl fod o'n clywed rhyw radio ymlaen fyny grisia. A gweld pobol yn sefyll yn yr ardd…"

Yn sydyn, safodd Thelma ar ei thraed ac edrych ar y ddwy ohonan ni.

"Dwi'n dallt be ydy hyn," meddai "'Dach chi'ch dwy'n meddwl 'mod i'n drysu, tydach? Yn gweld petha sydd ddim yno?"

"Mrs Morris…" dechreuodd Seren brotestio, ond chwifiodd Thelma ei llaw yn ddiamynedd.

"Dwi'n gwbod be welais i, a dwi'n bendant 'mod i wedi gweld rhywun yn edrych ar y tŷ o ochr arall y stryd ac wedyn o'r ardd. Dwi'n hollol sicr!"

"Thelma, 'dan ni ddim yn…" dechreuais innau.

diamynedd – *impatient*

"Tydy'r ffaith 'mod i'n hen ac yn byw ar fy mhen fy hun ddim yn golygu 'mod i'n wirion! Dwi'n gwybod be welais i!" meddai eto. "Rŵan, 'dach chi'n fy nghredu i neu beidio?"

Edrychodd Thelma Morris arnan ni, o un i'r llall. Roedd pob man yn ddistaw fel y bedd.

Yna'n sydyn cyfarthodd Mr Huws a rhuthro o'r gegin tuag at y drws ffrynt. Roedd o wedi cyffroi yn arw, yn neidio i fyny a'i gynffon yn ysgwyd.

"Seren, fasat ti'n meindio…?" dechreuodd Thelma, a neidiodd Seren er mwyn agor y drws.

Ymhen eiliadau, mi glywson ni sŵn y drws yn cau ac roedd hi'n ôl yn y gegin, yn edrych yn wyn.

"Seren? Be sy?" gofynnais.

Edrychodd Seren ar Thelma ac yna arna i cyn ateb.

"Roedd 'na ddyn tal efo het. Yn sefyll ar y palmant tu allan i'r giât. Ond y munud welodd o fi, mi drodd ar ei sawdl a dechrau cerdded i ffwrdd i lawr y stryd!"

bedd – *grave*
cyfarth – *to bark*

27

Panad yn ddiweddarach, daeth yn amser i Seren a minnau yn ffarwelio â Thelma. Do'n i ddim yn teimlo'n rhy hapus yn ei gadael ar ei phen ei hun yn y tŷ, ar ôl be oedd wedi digwydd. Ond doedd Thelma ddim eisiau i ni aros, a gwrthododd gynnig i ddŵad draw i tŷ ni.

Dywedais wrthi y byddwn i'n dŵad yn ôl yn nes ymlaen i fynd â Mr Huws am dro, ac fe fyddai hynny'n esgus i mi weld sut oedd hi beth bynnag.

"Wel?" gofynnodd Seren wrth i'r ddwy ohonan ni ddechrau cerdded i lawr y stryd.

Penderfynais fod yr amser wedi dŵad i ddweud wrth Seren am y digwyddiad pan redodd Mr Huws at y dyn efo'r het yn y dre, ac wedyn am y ffaith 'mod i wedi gweld y dyn yn y dafarn, yn syllu arna i.

"A 'dach chi'n siŵr mai'r un boi oedd o? Dim jest dyn arall efo het debyg?"

Meddyliais am y croen llyfn a'r awgrym lleia o farf, y llygaid oedd yn syllu...

"Dwi'n sicr mai'r un dyn ydy o!" dywedais. "Ond be wnawn ni rŵan?"

"Ffonio'r heddlu!" meddai Seren ar unwaith.

"A deud be? Bod yna ddyn yn cerdded ar hyd y stryd tu allan ac yn mynd i mewn i dafarn? Ydy hynny'n erbyn y gyfraith?"

"Ond mae o wedi bod yng ngardd Mrs Morris hefyd!" meddai Seren. "Tresmasu ydy hynny!"

"Ia…" cytunais. "Ond sgynnon ni ddim… prawf o hynny, nag oes? Dim ond gair Thelma Morris. Dwn i'm be fasai'r heddlu yn medru neud ar hyn o bryd."

"A mi ganodd y gloch a cherdded i ffwrdd! Os dydy hynna ddim yn od, dwn i'm be sy!" atebodd Seren.

Roedd yn rhaid i mi gyfaddef bod ganddi bwynt da. Ro'n i'n teimlo'n anghyfforddus am yr holl beth, dweud y gwir.

"Rhaid i ni gadw llygad arni, dyna'r cwbwl allwn ni neud, Seren. 'Dan ni'n gwbod am y peth rŵan, a mi fedrwn ni gadw llygad barcud arni."

Doedd Seren ddim yn edrych yn rhy hapus. Ro'n i'n nabod yr wyneb hwnnw yn iawn, yr un wyneb oedd gan Caio pan nad oedd o'n cael ei ffordd ei hun.

Ac yna cofiais am Caio, a Ben a'r holl stŵr i gyd. Am unwaith, ro'n i wedi gallu llwyddo i anghofio hynny i gyd ers i Seren alw bora 'ma ac ers i ni fynd draw i weld Thelma Morris.

Ar ôl i ni ffarwelio â'n gilydd wrth y groesffordd, lle ro'n i'n troi i'r chwith am adra, penderfynais 'mod i eisiau trio ffonio Caio eto. Roedd yn rhaid i ni gael cyfle am sgwrs iawn am y peth, fel 'mod i'n gwybod yn union be oedd Ben wedi'i ddweud wrtho am y ddynes arall.

Es i lawr y ffordd ryw ychydig, tan i mi gyrraedd parc chwarae bychan. Doedd yna ddim llawer o bobol o gwmpas gan fod y tywydd yn dechrau oeri, felly roedd o'n lle perffaith i fedru siarad yn iawn efo Caio. Doedd gen i ddim awydd mynd yn ôl i'r tŷ yn syth.

Ar ôl gwneud yn siŵr bod y signal yn ddigon cryf, dechreuais ddeialu ei rif. Roedd fy mysedd yn crynu wrth wneud. Er 'mod i eisiau gwybod be oedd gan Caio i'w ddweud, do'n i ddim yn siŵr 'mod i'n barod am y gwir, chwaith.

Doedd dim rhaid i mi boeni. Aeth fy ngalwad yn syth i system neges ffôn Caio. Roedd hi'n braf cael clywed ei lais hwyliog yn gofyn i'r galwr adael neges a rhif ffôn, ac roedd rhan ohona i yn falch nad oedd o wedi ateb. Ac eto, fe fyddai'n rhaid ei holi yn hwyr neu'n hwyrach.

Rhoddais y ffôn yn fy mhoced ac eisteddais yn ôl ar y fainc ac edrych ar y siglen lonydd, y llithren wag. Doedd yna ddim byd tristach na pharc chwarae heb blant ynddo, meddyliais.

Cyn i mi fedru dechrau hel meddyliau eto, blipiodd y ffôn yn fy mhoced gan wneud i mi neidio. Mae'n rhaid bod Caio wedi gweld i mi drio ffonio, meddyliais. Ond neges gan Meic oedd hi, nid Caio.

Ti'n brysur heno? Gin i syniad!

28

"'Dach chi'n siŵr bod hyn yn syniad da?" gofynnodd Seren unwaith eto o'r sêt gefn wrth i gar Meic droi i mewn i'r maes parcio tu allan i'r neuadd bentref. "Dwi ddim yn licio canu gwlad, a dwi'n bendant ddim yn licio dawnsio llinell!"

"Ti 'di trio?" gofynnodd Meic, ac edrych arni yn y drych. Tynnu stumiau yn unig wnaeth Seren, gan wneud i ni i gyd chwerthin.

Daeth pawb allan o'r car. Roedd pawb ond Seren wedi gwneud ymdrech â'u gwisg. Goth o'r Gorllewin Gwyllt oedd Seren, a dyna ben arni!

"Ac ers pa bryd wyt ti'n giamstar ar ddawnsio llinell, felly, Meic?" gofynnais wrth i ni ddechrau cerdded at y ganolfan.

"Ers i mi benderfynu bod angen codi dy galon di!" meddai, gyda winc. Ffrind da oedd Meic.

Ar ôl i ni barcio, gwelais Mags yn cerdded tuag atan ni a gwên anferth ar ei hwyneb.

tynnu stumiau – *to pull faces*

ymdrech – *effort*

giamstar (gog) = gamster (de) – *expert*

"O'n i'm yn meddwl 'swn i'n dy weld di'n ôl yma eto!" meddai wrtha i yn bryfoclyd. "Heb sôn am y ffaith dy fod wedi recriwtio mwy atan ni!"

Edrychodd i gyfeiriad Meic yn arbennig, a gwneud llygaid llo bach arno, yn y ffordd o'n i wedi ei gweld yn ei wneud gwpwl o weithiau o'r blaen os oedd yna rywun wedi cymryd ei ffansi.

Cochi at ei glustiau wnaeth Meic druan!

"'Dan ni'n mynd i mewn, 'ta be?" gofynnodd Seren yn ddiamynedd, gan edrych o'i chwmpas, yn amlwg yn poeni bod un o'i ffrindiau yn mynd i'w gweld yng nghwmni creaduriaid oedd yn perthyn mor bell o'r teulu Goth!

Nid Seren oedd yr unig un oedd yn teimlo braidd yn lletchwith ar ôl i ni gerdded i mewn i'r neuadd. Roedd y lle, fel o'r blaen, fel golygfa o ffilm gowboi. Ar y ffordd i mewn roedd dyn tal efo sbectol, Mohican mawr coch a gwisg un o'r Indiaid Cochion wedi pasio heibio i fynd i'r tŷ bach. Edrychais ar Meic. Roedd ei lygaid fel soseri (er ei fod yn trio peidio â dangos hynny).

"Reit, bar, ia?" meddai, a'i lais yn swnio'n wahanol. "Jest bechod 'mod i'n dreifio!"

"Syniad da!" meddai Mags. "A bryna i'r rownd yma i bawb am mai hwn ydy'ch tro cynta chi!"

---

gwneud llygaid llo bach – *to look flirtatiously (lit. to make eyes like a calf)*

cochi – *to blush*

lletchwith – *awkward*

"A'r tro diwetha!" mwmiodd Seren dan ei gwynt, a gwneud llygaid arna i.

Ar ôl i bawb ddweud pa ddiod fyddai'n trio gwella'r noson, aeth Mags i ffwrdd efo Meic i gyfeiriad y bar, gan esgus ei bod hi angen rhywun i'w helpu i gario'r diodydd.

"Tydy hi erioed wedi clywed am hambwrdd?" meddai Seren yn bwdlyd, ac edrych yn nerfus o'i chwmpas ar bawb arall.

"Gad iddi hi! Dim ond isio dipyn o hwyl ma hi!" medda finnau yn ôl. "A ma'n hen bryd i Meic gael partner newydd yn ei fywyd. Ti byth rhy hen i syrthio mewn cariad, sti, Seren!"

"O, pliiiis!" atebodd Seren, gan orliwio er mwyn gwneud i mi chwerthin.

"A ma Mags yn hogan iawn. Wedi cael ysgariad ers rhyw bum mlynedd ond yn ifanc ei hysbryd."

"Os mai dyna 'dach chi'n ei alw fo!" meddai Seren dan wenu. "Beth bynnag, o'n i'n meddwl ella fasach chi a Meic…"

"Fi a Meic? Fi a Meic be?"

"Wel, w'chi, yn gneud cwpwl bach…"

"Ond dwi 'di priodi!"

"Do. Dwi'n gwbod. Bechod," meddai wedyn. Roedd

---

hambwrdd – *tray*

pwdlyd – *sulky*

gorliwio – *to exaggerate*

bywyd yn ddu a gwyn i Goth ifanc fel Seren, meddyliais, a hithau heb ei siomi gan gymhlethdodau bywyd oedolyn!

Dechreuais feddwl am Ben a'r penwythnos 'gwaith' yr oedd o'n ei gael ar hyn o bryd.

Y funud honno, daeth llais uchel yr arweinydd dros y meicroffon, yn gwahodd pobol hen a newydd i fynd i'r llawr dawnsio er mwyn cymryd rhan yn y ddawns gyntaf.

"Ty'd, Seren! Gawn ni hwyl!"

A chyn iddi gael cyfle i ddweud 'na', tynnais hi i ganol y llawr dawnsio at y cowbois a'r *cowgirls* eraill i gyd. Roedd ei hwyneb yn bictiwr!

Dri chwarter awr yn ddiweddarach, roedd Seren a finnau yn chwys domen, ond yn chwerthin yn braf. Er i Seren fod yn reit sigledig ar y dechrau, fel o'n i y tro cynta, roedd hi wedi dechrau cael hwyl arni ar ganol y ddawns, ac yn medru dilyn cyfarwyddiadau Ruby yr arweinydd yn llawer gwell na fi.

"Ti'n cael hwyl, felly, Seren?" gofynnais iddi, a diflannodd y wên.

"Ma'n iawn, 'de! Rhaid i chi rili canolbwyntio, 'does?" meddai. Doedd hi'n amlwg ddim eisiau dangos ei bod yn rhy awyddus nac yn cael gormod o hwyl!

---

cymhlethdod,au – *complication,s*

chwys domen – *very sweaty (lit. a sweaty heap)*

sigledig – *shaky*

"Lle ma Meic, beth bynnag?" holais. "Tydy o ddim wedi mynd i'r bar, gobeithio! Fi pia'r rownd yma!"

Ac ar y gair, daeth Meic a Mags i'n cyfeiriad ni, yn cerdded yn eitha agos at ei gilydd. Doedd Meic ddim yn edrych yn rhy anhapus am y peth, chwaith!

"Dwi wedi bod yn deud wrth Meic y dylia fo drio cael mwy o ganu gwlad ar Radio'r Dref Wen," meddai Mags. "Mae'r byd yma'n boblogaidd iawn, a 'chydig iawn ohono fo ti'n glywed ar y radio!" Roedd Mags wrth ei bodd pan oedd ganddi ryw chwilen yn ei phen.

"Dwi'n hapus i'w drio fo," atebodd Meic. "Ydy hynna'n iawn efo chdi, Lena?" gofynnodd.

"Chdi 'di capten y llong!" atebais, dan wenu.

"A chditha 'di'r *first mate*!" meddai yntau yn ôl, ac roedd y ddau ohonan ni'n gwybod ei fod yn siarad am fwy na'r orsaf radio yn unig.

"Rhaid i mi gael diod, 'de, ma 'ngheg i'n sych fel cesail camel!" meddai Seren, a swniai'r geiriau'n od yn dod o'i gwefusau duon!

"A finna!" meddwn a dechrau cerdded i ffwrdd am y bar efo Seren. Ond cyn i mi fynd yn bell, cydiodd Mags yn fy mraich.

"O, ia. O'dd 'na rywun yn chwilio amdana chdi 'fyd, Lena. Rhyw ugain munud yn ôl."

rhyw chwilen yn ei phen – *a bee in her bonnet*
sych fel cesail camel – *as dry as a camel's armpit*

"Pwy?"

"Wnes i'm gofyn ei enw fo, naddo. Rhyw foi oedd o. Pwyntio atat ti wnaeth o a gofyn be oedd dy enw. Wnes i'm deud wrtha fo, yn amlwg, rhag ofn, ond roedd o'n amlwg isio gwbod mwy amdana chdi!"

Ac i ffwrdd â hi yn ôl at Meic ar y llawr dawnsio.

Edrychais o 'nghwmpas i weld a oedd rhywun yn edrych arna i, ond roedd llygaid pawb yn edrych i gyfeiriad y llawr dawnsio.

Es i ymuno â Seren yn y bar.

29

Ro'n i wedi anghofio pob dim ddwedodd Mags wrtha i erbyn i mi fynd allan o'r neuadd am ychydig o awyr iach ryw awr yn ddiweddarach. Heblaw am saib bob hyn a hyn i gael diod neu fynd i'r tŷ bach, roeddan ni wedi bod yn dawnsio yn ddi-stop, ac roedd o wedi bod yn grêt. Sylweddolais fod dawnsio llinell (fel unrhyw beth arall!) yn llawer mwy o hwyl os oeddech chi'n ei wneud efo ffrindiau da.

Efo 'mhen i'n llawn o ganeuon gwlad a symudiadau dawns, wnes i mo'i nabod o'n syth. Wnes i ddim cymryd llawer o sylw pan gerddodd ata i wrth i mi bwyso fy mhen yn ôl yn erbyn y wal tu allan a cheisio cael awyr iach.

"Helô?"

"Helô, s'mae?" meddwn yn ôl, yn ddigon cwrtais.

Ac yna gwelais yr het yn ei law. Rhewais.

Roedd o'n edrych yn wahanol heb yr het ar ei ben. Yn fengach. Yn llai o ddyn y cysgodion. Yn ddyn o gig a gwaed. Ac roedd o'n syllu arna i a newydd ddweud 'helô'!

"Helô?" meddai eto. "Sori… gobeithio bo chi ddim yn meindio 'mod i'n…"

Syllais arno fel ffŵl. Roedd o'n siarad Cymraeg. Ac yn

cysgod,ion – *shadow,s*

siarad mor normal. Fel petai o'n dod draw a dweud 'helô' wrth ferched canol oed bob dydd o'r wythnos.

"P… pwy 'dach chi…?" sibrydais, ac ro'n i'n synnu i glywed fy llais yn crynu cymaint.

Doedd o ddim fel petai o wedi fy nghlywed. Wnaeth o ddim trio ateb fy nghwestiwn, beth bynnag. Dim ond dal i siarad.

"… Ond y peth ydy… dwi ddim yn siŵr sut i…"

Yna stopiodd siarad ac edrych arna i. Roedd ganddo lygaid gwyrddlas fel lliw y môr ar ddiwrnod stormus.

"Ydach chi'n nabod Thelma Morris?" meddai o'r diwedd, a'r cwestiwn yn amlwg ar flaen ei dafod, yn barod.

"Thelma…? Sut 'dach chi'n nabod… pam 'dach chi isio…?"

"Ma'n ddrwg gin i. Tydy hyn i gyd ddim yn swnio'n dda iawn, nacdi? Dyn yn dŵad i fyny atach chi ac yn holi am hen wraig…"

"Chi! Chi ydy o, 'te?"

O'r diwedd, ro'n i wedi darganfod fy llais. Edrychodd y dyn yn ddryslyd.

"Sori, dwi'm yn dallt…"

"Chi sydd 'di bod yn fy nilyn i! Yn syllu arna i yn y dafarn! Chi sydd 'di bod yn stelcian tu allan i dŷ Thelma! Yn sefyll yn ei gardd hi! Yn codi ofn arni hi!"

"Codi ofn?" Roedd hyn fel petai wedi ei synnu go iawn.

stelcian – *to stalk*

"Sefyll yn 'i gardd hi! Wnes i 'rioed…"

"Be 'dach chi isio efo hi? Be 'dach chi isio efo fi?"

Ro'n i wedi dechrau gweiddi rŵan, ac edrychodd ambell i gowboi yn od wrth ein pasio, edrych yn od ar y ddau ohonan ni yn sefyll tu allan i'r neuadd ac yn amlwg yn ffraeo.

Yna daeth un dyn draw atan ni. Roedd yn ddyn tal, sgwâr ac o'r ffordd roedd o'n siarad, roedd yn amlwg ei fod yn foi oedd yn gyfforddus iawn â'i awdurdod.

"Ydy pob dim yn iawn, Miss?" gofynnodd. "Ydy'r dyn yma yn niwsans…?"

Cyn i mi gael cyfle i ateb, edrychodd y dyn ifanc arna i a golwg wedi ei siomi ar ei wyneb.

"Ma pob dim yn iawn. Dwi'n mynd beth bynnag," meddai, a throi ar ei sawdl am y stryd.

Wrth ei wylio'n mynd cefais y teimlad rhyfeddaf 'mod i wedi gwneud camgymeriad mawr yn peidio â gadael iddo ddweud ei neges, a 'mod i ella wedi gwneud bywyd Thelma Morris yn anoddach byth.

PROPERTY OF MERTHYR
TYDFIL PUBLIC LIBRARIES

30

Daeth y noson i ben tua deg o'r gloch, a dechreuodd pawb adael y neuadd. Roedd Meic wedi mwynhau ei hun, ac roedd hyd yn oed Seren wedi cael hwyl (er na fuasai hi byth yn cyfaddef hynny)! Rhoddodd Mags sws bach i Meic ar ei foch wrth ffarwelio, ac mi gochodd hwnnw at ei glustiau unwaith eto, fel hogyn pymtheg oed.

Ar y ffordd yn ôl yn y car, cawsom sbort yn canu rhai o'r caneuon yr oeddan ni wedi dawnsio iddyn nhw yn ystod y nos, a'r rheiny'n amrywio o ganeuon bywiog fel 'Ring of Fire' Johnny Cash i ganeuon trist fel 'Gafael yn fy Llaw' John ac Alun.

Ond do'n i'n dal ddim yn medru anghofio'r cyfarfod â'r dyn yn yr het y tu allan ryw awr neu ddwy yn ôl, ac ro'n i'n methu'n glir ag anghofio ei wyneb siomedig wrth ymadael. Fel tasai o wedi dŵad yma i ofyn rhywbeth a'i fod o ddim wedi medru gwneud… oherwydd fy ymateb i.

Penderfynais beidio â dweud wrth Seren be oedd wedi digwydd, gan ei bod yn braf ei gweld mewn hwyliau da. A beth bynnag, roedd hi'n poeni digon am Thelma fel oedd hi, do'n i ddim eisiau poeni mwy arni hi.

Roedd y tŷ yn dawel, dawel wrth i mi wthio'r goriad i'r clo ac agor y drws. Sefais yno am ychydig a chau fy llygaid. Roedd rhythm y caneuon gwlad yn dal i atseinio'n ddistaw yng nghorneli fy meddwl.

Daeth Dwynwen ata i a chyrlio ei chynffon o amgylch fy nghoesau wrth wau ei ffordd o gwmpas. Eisiau bwyd oedd hi, mae'n siŵr, meddyliais, a dim arall. Hunanol. Doedd cath yn fawr o gwmni, ddim fel ci. Petai Ben a finnau'n gwahanu, o leia fyddai ddim rhaid i mi gael Dwynwen o gwmpas yn swnian!

Gwahanu. Ben a fi'n gwahanu. Ro'n i wedi dweud y geiriau. Wedi rhoi'r frawddeg at ei gilydd.

A dyna pryd wnes i sylweddoli bod dagrau yn dechrau rhedeg i lawr fy ngwyneb.

Er mawr syndod i mi, mi wnes i gysgu'n dda, a deffro i ystafell wely lawn golau gan 'mod i wedi anghofio tynnu'r llenni cyn mynd i gysgu. Ro'n i'n arfer licio gwneud hynny pan o'n i'n ferch fach; gadael y llenni ar agor er mwyn cael fy neffro gan olau'r haul yn hytrach na chloc larwm. Ers priodi Ben, do'n i ddim wedi medru gwneud hynny achos roedd Ben yn mynnu bod yn rhaid cau'r llenni bob nos. O hyn ymlaen, ella byddwn i'n cysgu bob nos yng ngolau'r lleuad ac yna'r haul.

---

atseinio – *to reverberate/echo*
gwahanu – *to part*

Torrwyd ar draws fy meddyliau gan sŵn rhywbeth yn y stafell dros y ffordd ar y landin. Rhyw sŵn isel, trwm oedd o, a sŵn sgrialu wedyn.

Gan ochneidio, dois allan o'r gwely a mynd i gyfeiriad y stydi fechan. Ben oedd pia'r stydi fach yma, a doedd 'na ddim lle i swingio cath yno. A siarad am gathod, pwy ddaeth allan o'r stafell a golwg braidd yn euog arni, ond Dwynwen. Ond diflannodd yr olwg euog wrth iddi edrych arna i'n snobyddlyd â'i llygaid cul fel petai hi'n dweud, "Ia! Fi wnaeth y sŵn! So?"

Cerddodd heibio i mi a dechrau mynd i lawr y grisiau.

Gan fod y stydi yn wynebu'r haul yn y bore, fe fyddai Dwynwen wrth ei bodd yn cyrlio'n belen a mynd i gysgu ar y gadair gynnes wrth y ffenest.

Gwthiais y drws ar agor er mwyn gweld pa lanast oedd hi wedi ei wneud. Roedd y lle yn edrych yr un fath ag arfer, a syllais am rai eiliadau heb weld be oedd wedi mynd o'i le. Yna gwelais fas wydr o flodau ar y llawr, a phwll o ddŵr ar ben y mynydd bach o bapurau ar y ddesg.

Gafaelais yn y mynydd papur gwlyb. Gwaith papur Ben oedd o. Roedd o'n wlyb socian. Fe fyddai Ben o'i go'. Doedd o ddim yn gorfod gwneud llawer iawn o waith papur adra, ond fyddai o ddim yn hapus i weld be oedd ganddo wedi cael ei wlychu fel hyn.

sgrialu – *to scarper*

ochneidio – *to sigh*

Ac yna gwelais un llythyr ychydig bach y tu hwnt i gyrraedd y dŵr ac felly'n hollol sych. Dwi ddim yn gwybod pam wnes i sylwi arno, dweud y gwir. Y ffaith ei fod yn fyr ella, a bod enw cwmni Ben ar y top. A bod geiriau olaf y llythyr wedi neidio allan ata i:

Hoffem ddiolch i chi eto am eich gwasanaeth a dymuno pob dymuniad da yn eich gyrfa yn y dyfodol.

Syllais ar y llythyr, wedi rhewi i'r fan. Doedd hyn ddim yn gwneud math o synnwyr. Dechreuais ddarllen y llythyr o'r dechrau i'r diwedd. Ac yna sylwais ar y dyddiad ar dop y llythyr, sef dyddiad ddau fis yn ôl.

Wnes i ddim clywed sŵn y ffôn i lawr y grisiau yn syth, dim ond y 'brr brr' olaf cyn iddo ddistewi. Ond ymhen eiliad neu ddwy, roedd y ffôn wedi dechrau canu eto. Es i lawr y grisiau yn ddiolchgar am gael gwneud unrhyw beth ond sefyll yno yn stydi fy ngŵr, yn syllu ar lythyr oedd yn gwneud dim synnwyr.

Codais y ffôn. Ben oedd yno.

"Lle ddiawl ti 'di bod?" gofynnodd. "Dwi 'di trio dy fobeil di tua tair gwaith a…"

Aeth rhyw ias oer drwydda i wrth i mi wrando ar y cryndod yn ei lais.

"Ben, be sy?" gofynnais. "Be sy 'di digwydd?"

31

Roedd maes parcio'r ysbyty yn llawn, gyda phob math o geir yn cropian yn araf yn trio cael lle i barcio. Ro'n i wedi gyrru mor bell, doedd gen i mo'r amynedd i orfod cylchu'r maes parcio am hanner awr rŵan! Ond diolch byth, llwyddais i weld bwlch yn y pen draw ar ôl rhyw bum munud o chwilio am le.

Roedd Ben wedi dweud y basai o'n dŵad i 'nghyfarfod i yn y dderbynfa ar ôl i mi gyrraedd, er mwyn iddo gael mynd â fi i ward Caio.

Edrychai Ben yn fychan ac yn welw ynghanol y bobol eraill yn nerbynfa anferthol yr ysbyty. Roedd golwg wedi blino arno, a doedd dim rhyfedd, ac yntau wedi bod wrth ochr gwely Caio drwy'r nos.

Wrth iddo estyn ei freichiau allan amdana i, doedd dim angen dweud mwy. Roedd y cwtsh yn dweud y cyfan am y tro. Ond wnes i ryddhau fy hun oddi wrtho ar ôl rhai eiliadau.

"Sut mae o erbyn hyn?" gofynnais.

"Dal braidd yn gysglyd, ond mi aeth y llawdriniaeth yn iawn. Diolch byth bo nhw wedi medru… wedi medru…"

gwelw – *pale*

Methodd Ben orffen y frawddeg. Ond doedd dim rhaid iddo ei gorffen hi, beth bynnag. Ro'n i'n dallt.

Doedd fy nghalon ddim wedi stopio rasio ers i mi siarad â fo ar y ffôn. Diolch byth bod yr ysbyty wedi medru gweithredu yn sydyn ac achub ei fywyd. Doedd apendics oedd ar fin byrstio ddim yn jôc. Fe allai fod yn ofnadwy.

"Dwi isio ei weld o!"

"Ffordd hyn!" meddai Ben, dan wenu. "Fydd o'n falch o dy weld ditha hefyd, dwi'n meddwl!"

Dilynais Ben drwy ddrysfa o goridorau tan i ni gyrraedd ward fy mab.

Roedd Caio yn eistedd i fyny yn ei wely a gwenodd a chodi ei fawd wrth i mi agosáu. Es ato a'i gusanu'n hir ar ei dalcen, fel o'n i'n arfer ei wneud pan oedd o'n hogyn bach ac yn sâl yn ei wely. Roedd ei ben yn chwyslyd a'i wallt tywyll yn glynu wrth ei dalcen.

"Be sy'n bod arna chdi yn dychryn dy fam fel'na, dŵad?" meddwn.

"Sori, Mam!" gwenodd. "Hogyn isio sylw dwi 'di bod erioed, 'de!"

"Mi wneith rhei pobol unrhyw beth i fethu darlith!" meddai Ben, gan roi ei law yntau ar wallt Caio.

---

gweithredu – *to take action*

drysfa – *maze*

chwyslyd – *sweaty*

glynu – *to stick*

"Wel, be fedra i ddeud, 'te?" atebodd Caio, gan wenu'n ôl. "Ond dwi mor falch fod fy ffrindia i 'di mherswadio i i fynd at y doctor neithiwr. A finnau'n meddwl mai dim ond poen ar ôl gwneud gormod yn y gampfa oedd o!"

"Mae gin ti ffrindia da iawn, faswn i'n ddeud!" meddwn.

"Oes, ma gin i," meddai Caio yn ôl, gan wenu'n wan. Roedd o'n amlwg wedi blino ar ôl ei lawdriniaeth.

"Beth am i ti drio cysgu, ia? Mi eith dy dad a finna i lawr i'r caffi i gael panad er mwyn i ti gael cyfle i orffwys."

"Fyddwch chi o gwmpas am dipyn, byddwch?" gofynnodd. "Mi faswn i'n licio gweld mwy arnach chi."

"Stafell ddwbwl sgen i yn y gwesty," meddai Ben.

Edrychais arno'n sydyn, ond ddywedais i ddim byd o flaen Caio.

"Ma hynna'n iawn felly, tydy?" meddai Caio, a phlygodd ei ben yn ôl ar y glustog a chau ei lygaid. "Wela i chi nes ymlaen, 'ta…"

32

Wedi cyrraedd y cantîn, es i draw at fwrdd ac eistedd i lawr tra bo Ben yn ciwio. Teimlais yn flinedig, yn sydyn iawn, a finnau heb arfer gyrru mwy na rhyw awr ar y tro yn ddiweddar. Dylwn alw draw i weld Caio'n amlach yn y coleg, meddyliais. Ar ôl i hyn i gyd fod drosodd. "Ar ôl i be'n union fod drosodd?" gofynnodd rhyw lais bach yn fy mhen.

Edrychais ar Ben o bell. Roedd golwg wedi blino arno yntau hefyd, a straen ymdopi â'r argyfwng efo Caio yn yr ysbyty yn amlwg ar ei wyneb. Ro'n i'n nabod y ffordd oedd o'n sefyll, y ffordd yr oedd o'n llusgo traed yn y ciw, a'i ben yn plygu rhyw fymryn bach i'r chwith. Ro'n i'n ei nabod mor dda, ac eto, o'n i'n ei nabod o gwbwl?

Cyn i mi fedru meddwl mwy am gynnwys y llythyr yn ei stydi, blipiodd fy ffôn i ddangos bod gen i neges. Gan Meic.

```
Ty'd draw i'r orsaf. Dyn efo het isio
siarad efo chdi! :/
```

argyfwng – *emergency*

Y dyn â'r het! Pam ddiawl oedd o wedi mynd draw i Orsaf Radio'r Dref Wen i siarad efo fi? Sut oedd o'n gwybod 'mod i'n gweithio yno heblaw ei fod o wedi fy nilyn i, wedi bod yn sbecian arna i!

Ond roedd yr hanes hwnnw i gyd fel petai wedi dod o ryw fyd arall, o fyd pell iawn o blaned brysur yr ysbyty yma yn Lloegr bell. Do'n i ddim yn mynd i fedru meddwl am y peth rŵan.

Penderfynais beidio â dechrau dweud yr hanes i gyd wrth Meic, dim ond dweud:

Ddim adra tan fory, sori. Gweld Caio.

Cyrhaeddodd Ben efo hambwrdd a dwy gwpanaid o de a brechdan yr un arno.

"Doedd gynnyn nhw ddim cyw iâr, felly gobeithio bod ham –"

"Ma'n grêt," meddwn. "Ma'n hollol grêt."

Estynnais draw am y frechdan ac wrth i mi wneud, rhoddodd Ben ei law dros fy llaw i.

"Fedra i ddim deud wrthat ti mor… 'Dan ni mor lwcus, sti. Tasai rhywbeth wedi digwydd i Caio…"

"Wn i," atebais. "Fo ydy cannwyll ein llygaid ni, 'te..? A beth bynnag arall wneith ddigwydd, fydd hynny byth yn newid."

Tynnodd Ben ei law yn ôl, a daeth golwg boenus arno.

"Lena, tydy petha ddim wedi bod yn hawdd… Yn

ddiweddar... Dwi'm 'di bod yn hollol..."

"Onest efo fi? Naddo, dwi'n gwbod."

Edrychodd arna i mewn tipyn bach o syndod. Ddwedodd 'run ohonan ni air am funud. Yna, penderfynais fod yn rhaid siarad am yr eliffant enfawr oedd ar y bwrdd!

"Dwi 'di gweld y llythyr, Ben. Yr un ffarwél. Gin dy waith di. Diolch i Dwynwen!"

"Dwynwen?" gofynnodd mewn syndod er nad hwnnw oedd y cwestiwn pwysicaf y dylai ei ofyn!

Ysgydwais fy mhen.

"Pam wnest ti'm deud wrtha i, Ben? Pam wnest ti'm sôn?"

"Dwn i'm..." meddai, ac edrych i lawr ar y frechdan ham dila o'i flaen. "Efo Caio yn gadael am y coleg a phob dim... Dwn i'm," meddai eto. "Do'n i ddim isio gneud petha'n waeth... Ac o'n i wir yn meddwl y baswn i'n medru cael swydd arall mewn dim o dro, fel bod dim rhaid i ti byth ddŵad i wbod..."

"Ond roeddat ti'n gwisgo dy ddillad gwaith... siwt a thei... bob diwrnod! Yn diflannu bob dydd i dy waith!"

Nodiodd ei ben a chochodd ei wyneb.

"Dwi'n gwbod. Pathetig, tydy?"

"Trist, ella. Dim pathetig. Trist bo chdi ddim 'di teimlo bo chdi'n medru deud wrtha i. Rhannu efo fi. "

Edrychodd Ben arna i am eiliad cyn edrych i lawr eto ar ei frechdan ham.

"Ond os doeddat ti ddim yn mynd i dy waith, yna i le...?"

Roedd o'n dal yno. Cysgod 'affêr' Ben. Roedd yn rhaid i mi ofyn.

Cododd ei ysgwyddau.

"Am dro weithia, os oedd hi'n braf. I'r parc. Neu fynd i weld ambell i ffrind os oedd hi'n oer ac yn wlyb... Heb ddweud y gwir, wrth gwrs. Gwneud esgus i fynd draw am banad a sgwrs, cogio 'mod i rhwng dau gyfarfod neu rywbeth..."

Meddyliais am gar Ben ar y stad dai, y tro cynta es i â Mr Huws am dro. A'r ffaith bod Ben wedi dweud celwydd y noson honno, dweud ei fod o ddim wedi gadael ei ddesg drwy'r dydd... Hynny oedd dechrau'r amheuon. Ond roedd pethau'n gwneud synnwyr rŵan. Wrth edrych i fyw ei lygaid, roedd hi'n amlwg ei fod o'n dweud y gwir.

Roedd gen i gywilydd rŵan hefyd, 'mod i wedi ei amau. 'Mod i wedi neidio'n rhy sydyn ar y syniad bod Ben, fy Ben annwyl i, yn cael rhyw hen affêr efo rhyw ddynes oedd yn ddim byd ond ffrwyth dychymyg!

"Ond lle oeddet ti penwythnos yma? Pan ffoniodd ffrind Caio i ddweud ei fod o'n sâl...?"

"Efo Caio 'n i. Wedi trefnu mynd ata fo beth bynnag."

"Ond pam na wnest ti...? Mi faswn i wedi..."

amheuaeth, amheuon – *doubt,s*
dychymyg – *imagination*

"O'n i isio mynd ar fy mhen fy hun, Lena. I gael… newid o'r… tŷ…"

I gael diflannu oddi wrtha i, meddyliais. I gael dianc rhag yr awyrgylch o'n i wedi ei greu yn y tŷ ar ôl i Caio adael.

"Ac i siarad efo Caio am yr holl beth…" meddai Ben.

"Roedd Caio'n gwbod, felly."

Dim cwestiwn oedd o. Doedd o ddim yn sioc. Roedd geiriau Caio'n gwneud synnwyr rŵan hefyd, on'd oedden nhw? Y sôn am "sortio pethau. Dod drwyddi".

"Sori," meddai Ben. "Am beidio deud wrthat ti."

"Dw inna'n sori hefyd, Ben. Am bob dim."

Daeth distawrwydd a lapio'i hun amdanon ni am eiliad.

"Ond mae 'na jest un peth…" mentrais yn araf.

Edrychodd Ben yn syn arna i. "O?"

"Ma'r fechdan ham yma'n blwmin afiach!"

Ac yna, dechreuodd y ddau ohonan ni chwerthin. Chwerthin fel tasai pwysau eliffant mawr pinc wedi codi oddi ar ein hysgwyddau!

afiach (gog) = ych a fi (de) – *horrible (lit. unhealthy)*

33

"Hapus?" gofynnodd Ben wrth orwedd efo fi yn y gwely.

"Hapus," atebais innau, gan wenu yn ôl arno, a'i gusanu'n dyner.

Ac o'n, mi ro'n i'n hapus. Roedd Caio allan o'r ysbyty erbyn hyn, ac roedd o wedi cytuno i ddŵad adra am ei wyliau Nadolig o'r coleg ychydig bach cynt, er mwyn iddo gael amser i ymlacio a chael ei nerth yn ôl.

Roedd hi'n braf medru ei glywed o gwmpas y tŷ a chael gofalu amdano fo, ei sbwylio dweud y gwir! (Roedd Mam wastad yn dweud mai nyrs ddylwn i fod wedi bod!) Ond roedd hi hefyd yn braf gwybod mai am gyfnod yn unig roedd o adra, ac y byddai Ben a fi'n medru dechrau byw fel cwpwl eto a gwneud y pethau roeddan ni eisiau eu gwneud; mwynhau cwmni ein gilydd fel roedden ni'n ei wneud cyn i ni gael Caio.

Yna dechreuodd Ben siarad.

"Lena, dwi 'di bod yn meddwl... Am y busnes chwilio am waith yma... Tydy hi ddim yn mynd i fod yn hawdd i gael gwaith arall, dim a finnau yn fy mhumdegau..."

cyfnod – *a period (of time)*

"Pumdegau cynnar! Chwara teg!" medda finnau yn ôl. Ond ro'n i'n gwybod be oedd o'n feddwl. Roedd o'n oed anodd i fod allan o waith, toedd? Yn rhy ifanc i ymddeol, ond eto'n rhy hen i ddechrau cystadlu am swydd hollol newydd ella.

"Ond ma raid i ni fyw ar rywbeth, toes? Mi ges i ychydig o bres gin y gwaith ar ôl i mi orffen, ond wneith hwnnw ddim para am byth. Dwi'n trio'r loteri bob wythnos ond tan i ni ennill y miliynau hynny, ma raid i ni fwyta! A helpu rhywfaint ar Caio'n y coleg!"

"Ti'n iawn!" medda fi. "Ond be?"

Cyn iddo fo gael cyfle i ddechrau dweud mwy, canodd cloch y drws.

"Ti'n disgwyl parsel?" gofynnais.

"Chdi ydy'r un sy'n archebu petha oddi ar y we cyn Dolig fel arfer, nid fi!" meddai Ben dan wenu. "Neu ella bod Caio 'di bod yn ordro! Arwydd arall ei fod o'n gwella!"

Canodd y gloch eto, ac er mwyn pwysleisio'r ffaith, dechreuodd y postmon guro ar y drws hefyd. Ro'n i'n gwybod bod yn gas gan bob postmon yr amser yma o'r flwyddyn, ond doedd dim rhaid iddo fod mor flin, meddyliais, gan lusgo fy hun o 'ngwely a cherdded linc-di-lonc i lawr y grisiau at y drws (a phasio Dwynwen flin ar y ffordd).

Ond nid postmon oedd yno, ond Seren. Ac roedd golwg wedi dychryn arni, ei hwyneb yn wyn a'i llygaid yn sgleinio.

"Seren, ty'd i mewn, ti'n edrych yn…"

"Lena, ma rhaid i chi ddŵad efo fi! Plis!"

Doedd dim lle i amau'r panig yn ei llais.

"Mynd efo chdi i le? Fedra i'm gweithio heddiw, dwi 'di deud wrth Meic. Ma Caio adra o'r sbyty a…"

"Dim i'r gwaith! At Thelma!" meddai Seren, a'i llais yn crynu.

"Be sy 'di digwydd i Thelma?" gofynnais.

"Wel… wel…" Llyncodd Seren ei phoer cyn mynd yn ei blaen. "Ro'n i yn cyrraedd i fynd â Mr Huws am dro pan… pan welais i hi! Thelma!"

"Yn lle?" Roedd fy meddwl yn troi, braidd.

"Ar stepan drws ei thŷ!"

Syllais arni. Doedd y stori yma, neu ymateb Seren, yn gwneud dim synnwyr o gwbwl.

"Sori, Seren, dwi ddim yn siŵr 'mod i'n dallt be 'di'r brobl—" dechreuais, ond aeth Seren yn ei blaen heb gymryd sylw.

"Welodd hi mohona i, dwi'n sicr o hynny. Ro'n i ar fin galw 'Helô Thelma' pan… pan…"

"Pan be?" Ro'n i ar bigau'r drain rŵan. "Be ddigwyddodd, Seren?"

"Pan… gamodd 'O', y dyn efo'r het o rywle, a sefyll yno'n siarad efo hi ar stepan y drws!"

Aeth ias oer i lawr fy nghorff wrth glywed geiriau Seren.

llyncodd… ei phoer – *she swallowed her spittle*

Aeth ymlaen.

"Wel, doedd Thelma'n amlwg ddim isio siarad efo fo, ro'n i'n medru deud hynny o'r ffordd roedd hi'n sefyll. Dwi'n un dda am ddarllen iaith y corff, w'chi."

"Ond be ddigwyddodd wedyn?"

"Wel… Mi edrychais arnyn nhw am dipyn. Roeddan nhw'n siarad a wedyn ma raid bod y boi wedi dweud rhywbeth ofnadwy wrthi achos mi roddodd Thelma ei llaw dros ei cheg. Mewn braw!"

"Mewn braw!" meddwn, a 'nghalon yn dechrau cyflymu.

"A… a wedyn wnaeth hi adael y dyn efo'r het i mewn!"

Sefais yno am eiliad yn trio meddwl o'n i wedi clywed yn iawn. Ro'n i'n methu credu!

"Be? Mae o yn y tŷ efo hi'r funud yma?"

"Yndy! Ma raid bod o wedi ei thwyllo hi'n llwyr! Plis, Lena. Brysiwch! Dwi'n meddwl bod Thelma mewn peryg mawr!"

mewn braw – *in shock*
ei thwyllo hi'n llwyr – *deceived her completely*

34

Dwi ddim yn meddwl 'mod i wedi rhedeg mor gyflym ers blynyddoedd! Ond diolch i'r ymarfer corff o'n i'n ei gael ar hyn o bryd drwy fynd â'r ci am dro a dawnsio, ro'n i'n symud yn reit dda.

Ymhen tua deg munud, roedd Seren a finnau yn sefyll y tu allan i dŷ Thelma Morris.

"Reit, be rŵan?" gofynnodd Seren, ac edrychodd y ddwy ohonan ni ar ein gilydd.

"Wel… cnocio'r drws a thrio cael Mrs Morris yn rhydd, debyg iawn!" atebais innau.

Ceisiais beidio â swnio'n rhy ddigalon. Ond ro'n i'n ofni'n fy nghalon ein bod ni'n rhy hwyr.

"Fasai hi'n syniad ffonio'r heddlu hefyd?" meddai Seren. "Jest rhag ofn bod gin y boi wn… neu gyllell! Rhag ofn iddo fo droi'n gas iawn a… a thrio'n cadw ni'n dwy'n wystlon hefyd! Dwi wedi darllen am betha fel hyn ar y we! Mae o'n medru digwydd, 'chi! Hyd yn oed yma yng Nghymru!"

Doedd hon yn fawr o gysur, meddyliais.

Ac eto, roedd rhywbeth yn gwneud i mi bwyllo cyn

cadw ni'n dwy'n wystlon – *to keep us both hostage*
pwyllo – *to consider/to take stock*

ffonio'r heddlu.

"Dim eto. Dwi'n meddwl mai trio cnocio'r drws fasai'r peth gorau i ddechrau. 'Dan ni ddim isio i'r boi banicio a gwneud rhywbeth gwirion."

"Iawn. Os 'dach chi'n siŵr!" meddai Seren, a golwg amheus arni. Ond dweud y gwir, nag o'n, do'n i ddim yn siŵr o gwbwl!

Pwysais fy nghlust yn erbyn y drws a gwrando am unrhyw sŵn fasai'n dweud wrthan ni bod Thelma'n ceisio ymladd, yn cwffio am ei bywyd. Doedd 'na 'run smic. Am eiliad fach, teimlais ryddhad, cyn i mi ailfeddwl ella bod y distawrwydd tu mewn yn arwydd drwg. Yn arwydd drwg iawn.

"Be?" gofynnodd Seren, yn amlwg yn gweld golwg boenus ar fy ngwyneb. "Be sy?"

"Well i ni gnocio'r drws, ella," meddwn, dan drio 'ngorau i beidio â swnio'n rhy ofnus. "I ni gael gweld be sy'n mynd ymlaen, ia?"

Cnoc, cnoc, cnoc, cnoc. (SAIB) Cnoc, cnoc.

Y gnoc gyfarwydd. Y gnoc fasai'n dweud wrth Thelma mai fi oedd yna.

Teimlais fod y cnocio yn atseinio i fyny ac i lawr y stryd i gyd. Fel drwm mawr. Fel apêl i bawb adael beth bynnag oedden nhw'n ei wneud a rhedeg nerth eu traed i achub Thelma Morris rhag ei ffawd.

amheus – *suspicious*

Ddaeth neb i ateb y drws. Clywais gi yn cyfarth, a meddwl i ddechrau bod y sŵn yn dŵad o ben draw'r teras, cyn sylweddoli mai cyfarthiad Mr Huws oedd o, o'r tu mewn i'r tŷ.

Yna ymhen eiliadau, clywais lais Thelma yn cysuro'r ci wrth iddi hi nesáu at y drws. Yr eiliad nesa, roedd hi'n sefyll o'n blaenau ni. Edrychai fel petai hi'n synnu ein gweld, Seren a finnau, ar stepan ei drws.

"Thelma… 'dach chi'n…?" dechreuodd Seren.

"Ydy pob dim yn iawn?" gofynnais innau, gan feddwl ella y dylem beidio â chynhyrfu rhag ofn i Mr Het gymryd y goes neu droi'n gas.

Roedd hi'n berffaith amlwg bod Thelma wedi styrbio. Roedd ei hwyneb hi'n wyn fel eira a'i llaw yn crynu wrth iddi afael yn ochr y drws. Roedd hi'n amlwg yn falch i'n gweld ni, ond wrth iddi drio gwenu, roedd ei gwefusau hefyd yn grynedig.

"Dowch i mewn, wnewch chi? Eich dwy. Plis dowch i mewn. Dwi isio…"

Doedd dim rhaid iddi ofyn ddwywaith! Ymhen eiliad roedd Seren a finnau yn y tŷ, a Mr Huws yn neidio ac yn ysgwyd ei gynffon fel anifail o'i go'.

"Ewch i mewn. Yn y gegin mae o!" meddai, a meddyliais ei fod yn beth od i'w ddweud.

A dyna lle roedd y dyn (a'i het ar ei lin) yn eistedd ar

cymryd y goes – *to scarper*

gadair wrth y bwrdd, a phanad o de wedi hanner ei yfed o'i flaen!

Cododd wrth weld y ddwy ohonan ni.

"Dyma'r ddwy oeddwn i'n sôn wrthat ti amdanyn nhw... maen nhw wedi bod mor ffeind yn mynd â Mr Huws am dro i mi," meddai Thelma, gan wenu ar y ddwy ohonan ni. Trawodd y 'ti' fy nghlust fel cloch.

Estynnodd y dyn ei law yn gyfeillgar.

"S'mae? Eto!" dywedodd wrtha i. Edrychodd Seren yn syn arna i, yn dallt dim bod y ddau ohonan ni wedi cyfarfod o'r blaen! Roedd hi'n rhy hwyr i esbonio.

"Dyma Ifan," meddai Thelma, ac roedd rhyw dinc balch yn ei llais.

"Fy mab i."

Gwenodd y ddau ar ei gilydd ac edrychodd Seren a finnau ar ein gilydd yn syn.

"Ma Ifan wedi fy ffendio fi ar ôl yr holl flynyddoedd..."

35

Plygodd Meic ymlaen a chymryd dracht arall o'i beint. Gwnaeth Ben yr un fath.

"Felly, dwed eto i mi gael dallt yn iawn: ei mab hi oedd o. Mab Thelma Morris?"

Nodiais fy mhen.

"Ia. Cafodd hi a'i gŵr Ralph fab pan oeddan nhw'n caru, cyn iddyn nhw briodi. Ar yr adeg honno, doedd hi ddim yn hawdd cadw plentyn oedd wedi cael ei eni tu allan i briodas…"

"Hen lol wirion!" meddai Mags, gan ysgwyd ei phen. Cytunodd pawb o'r criw.

Roedd y pedwar ohonan ni wedi dechrau cyfarfod i gael diod unwaith yr wythnos, ac roedd hi'n deimlad braf gallu cymdeithasu efo Ben unwaith eto, a chael cwmni Meic (a Mags!) yn y fargen.

Es ymlaen â'r stori.

"… felly doedd dim amdani ond trefnu bod y mab yma'n cael ei fabwysiadu. A doedd Thelma na Ralph ddim wedi clywed gair amdano wedyn."

cael ei fabwysiadu – *adopted*

"Ond anghofion nhw 'rioed amdano fo, siŵr o fod!" meddai Ben, ac roedd ei lygaid yn sgleinio.

"Naddo. Erioed. Roedden nhw'n cofio amdano bob dydd. A phan oedd ei gŵr yn dal yn fyw, fe fyddai Thelma ac yntau'n mynd i lawr at eu hoff lyn ar ddiwrnod pen blwydd y mab, ac yn taflu rhosyn ar wyneb y dŵr, gan obeithio bod eu mab yn rhywle yn cael diwrnod pen blwydd hapus efo'i deulu newydd."

"Ma hynna mor… mor ofnadwy o…" meddai Meic, ond doedd dim rhaid iddo orffen ei frawddeg.

Eisteddodd y pedwar ohonan ni mewn distawrwydd am eiliad, pob un ar goll yn ei feddyliau.

Estynnodd Meic ymlaen ac yfed llwnc arall o'i beint. Gwnaeth Ben yr un fath.

"Pam dŵad i chwilio amdani rŵan 'ta?" gofynnodd Ben o'r diwedd.

Eglurais fod rhieni maeth Ifan wedi marw'n y blynyddoedd diwetha. Dim ond wedyn roedd Ifan yn teimlo'n rhydd i fedru chwilio am ei rieni geni. Ond roedd o ofn mentro. Ofn gwneud pethau'n anodd.

"Sut ffendion nhw ei gilydd, 'ta?" holodd Mags.

"Ditectif preifat wnaeth y gwaith drosto yn y diwedd," meddwn. "Yn rhyfedd iawn, mi wnes i a Mister Huws eu gweld nhw wrth fynd am dro. Ond roedd Ifan dal yn

| rhiant, rhieni maeth – *foster parent,s* |
| rhiant, rhieni geni – *birth parent,s* |

nerfus. Doedd o ddim yn siŵr sut fasai hi'n ymateb petai ganddi deulu newydd."

Meddyliais amdano'n gwylio'r tŷ, yn trio cael mwy o wybodaeth drwy siarad efo fi.

"Ond be sy'n wych ydy bod y ddau wedi ffendio ei gilydd rŵan!" meddai Ben. "A mi gawn nhw flynyddoedd braf yn dŵad i nabod ei gilydd, gobeithio!"

"Cawn."

Ar ol eiliad arall o ddistawrwydd, gofynnodd Meic, "Wel, Ben… ti 'di bod yn ymarfer dy ddawnsio, 'ta?"

Gwenais. Hen dacteg oedd hon ganddo i newid cyfeiriad sgwrs er mwyn ysgafnhau'r awyrgylch. Dechreuodd hymian cân a symud ei ysgwyddau i fynd efo'r diwn. Chwarddodd pawb.

"Un waith dwi'n dŵad efo chi, iawn? Dwi 'di gaddo i Lena 'ma y do i unwaith, a dyna ni!"

"Ond ella byddi di'n darganfod bod gen ti ryw dalent newydd at y peth, Ben!" pryfociodd Mags. "Ti byth yn gwbod tan i ti drio, nag wyt? Ella fydd hwn yn newid dy fywyd di!"

"Faswn i'm yn dal fy ngwynt, taswn i'n chdi!" meddai Ben yn bwdlyd a chwarddodd pawb.

Yr eiliad honno, agorodd drws y dafarn a thorrodd llais ifanc ar draws ein sgwrs, llais oedd yn anaddas iawn i'r colur du bygythiol o gwmpas wyneb gwyn fel bwgan.

"Fan'ma 'dach chi'n cuddio!"

"Y Seren ei hun!" meddai Meic gan godi a rhoi hyg iddi

hi. "Haia! Ti'n iawn? Be gymri di i yfed?"

"Dim byd! Sgen i'm amsar! 'Dach chi yn gwbod bod Thelma ac Ifan ar fin gadael, yndach?"

"Rŵan ma nhw'n mynd?" meddwn mewn syndod. "Ond o'n i'n meddwl mai nes ymlaen pnawn 'ma..."

"Rŵan! Ia! Dowch os 'dach chi isio ffarwelio!"

"A chyfarfod Mr Huws o'r diwedd," sibrydodd Ben dan ei wynt gan wneud llygaid. Chymerais i ddim sylw ohono!

Wrth lwc doedd y dafarn ddim yn rhy bell o dŷ Thelma, felly ar ôl i bawb orffen eu diodydd yn gyflym, roedden ni yno ymhen deg munud.

Pan gyrhaeddon ni, roedd Ifan yn sefyll tu allan i'r drws ffrynt, a'i het nodweddiadol ar ei ben a gwên fawr ar ei wyneb. Ew, roedd o mor debyg i Thelma pan oedd o'n gwenu, meddyliais. Doedd dim dwywaith bod y ddau yn perthyn, rŵan 'mod i'n gwybod hynny! Sut fues i erioed yn ofnus o'r boi yma!

"Tu mewn mae Thelma?" gofynnais.

"Ia, jest yn edrych o gwmpas i wneud yn siŵr bod pob dim ganddi. 'Sach chi'n meddwl ei bod hi'n gadael y lle am byth, nid jest am fis!"

"Mae o'n gam mawr, a hithau wedi bod yn gaeth i'r tŷ am gymaint o amser, sti, Ifan," atebais.

"Yndy, dwi'n gwbod," atebodd yntau. "Ma'n gam mawr

nodweddiadol – *distinctive*

151

iawn, chwara teg. I'r ddau ohonan ni."

Roedd o'n foi mor neis!

"Well i mi fynd i mewn atyn nhw, felly," meddwn, a cherdded ymlaen at y drws.

Sefyll yn y gegin yn syllu allan ar yr ardd oedd Thelma, a Mr Huws wrth ei hochr. Roedd Ifan wedi bod wrthi'n torri'r gwair, ac roedd y lle'n werth ei weld.

Trodd y ddau wrth fy nghlywed yn nesáu, a dechreuodd Mr Huws ysgwyd ei gynffon.

Gwenodd Thelma fel giât.

"Ma'r ardd yn edrych yn neis, Thelma. Ma Ifan wedi bod yn gweithio'n galed arni," meddwn.

"Mae ganddo dalent am arddio. Fel ei dad."

Cyffrôdd Mr Huws ac ysgwyd ei gynffon eto.

"Dwi'n siŵr ei fod o'n dallt yn iawn, 'chi; bod y ddau ohonan ni'n mynd i ffwrdd am wylia bach. Jest bechod bod Ifan ddim yn cael cadw ci yn ei fflat yn y Bae…"

"Mi fydd Mr Huws yn tsiampion yn tŷ ni, yn byddi?"

Rhoddodd y ci ei drwyn yn fy llaw a chwilio am fwythau.

"Dwi'n ddiolchgar iawn, Lena. Am hyn, ac am bob dim, deud y gwir."

"Ma petha wedi gweithio allan yn iawn i chi yn y diwedd, Thelma," meddwn. "Diwedd hapus i'r stori. Yn te?"

"Ia," meddai, ond daeth cysgod am eiliad dros ei hwyneb,

cysgod – *shadow*

ac edrychodd yn ôl am yr ardd. Doedd dim rhaid iddi esbonio. Fe fuasai cael Ralph yma hefyd i weld yr aduniad wedi gwneud yr holl stori'n berffaith. Ond roedd ganddi'r cyfle i drio adennill ychydig bach o fywyd a phrofiadau efo'i mab, a doedd dim rhaid i neb ddweud wrthi hi na finnau mor werthfawr oedd hynny.

"Barod?" gofynnais.

"Barod!" meddai Thelma, gan droi ei chefn ar yr ardd a gwenu i lawr ar ei chi hoff.

"Ma tunia bwyd Mr Huws yn y bag yna'n fan'cw." Pwyntiodd at fag mawr gwyrdd oedd yn pwyso yn erbyn drws y gegin.

"A 'dach chi'n siŵr fydd y gath sgynnoch chi ddim yn meindio cael tenant bach arall yn byw efo chi am 'chydig?"

"Gadewch chi Dwynwen y gath i mi, Thelma!" meddwn, gan obeithio 'mod i'n swnio'n fwy hyderus nag o'n i'n ei deimlo! "Dowch rŵan, ma Ifan isio dechra ar y daith."

Gwenodd y ddwy ohonan ni ar ein gilydd, yn deall ein gilydd.

Ac o edrych i lawr ar Mr Huws, roedd yn amlwg ei fod yntau'n deall hefyd. Yn deall i'r dim.

aduniad – *reunion*

adennill – *to recover*

mor werthfawr oedd hynny – *how precious that was*

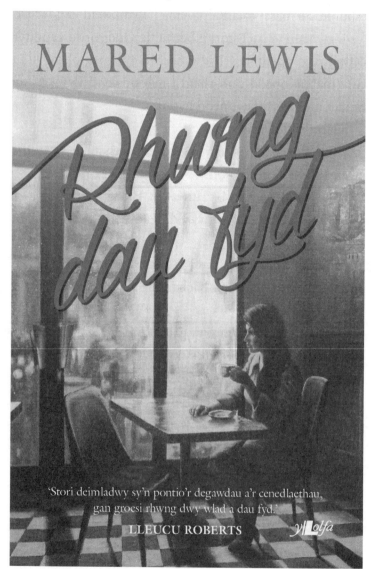

MARED LEWIS

Rhwng
dau fyd

'Stori deimladwy sy'n pontio'r degawdau a'r cenedlaethau,
gan groesi rhwng dwy wlad a dau fyd.'
LLEUCU ROBERTS

yl Lolfa

£8.95

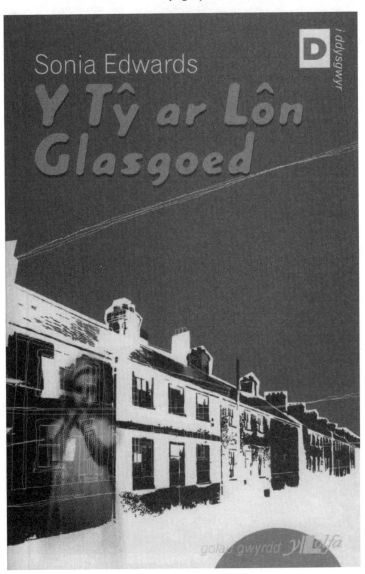

Sonia Edwards

Y Tŷ ar Lôn Glasgoed

golau gwyrdd y Lolfa

£3.95

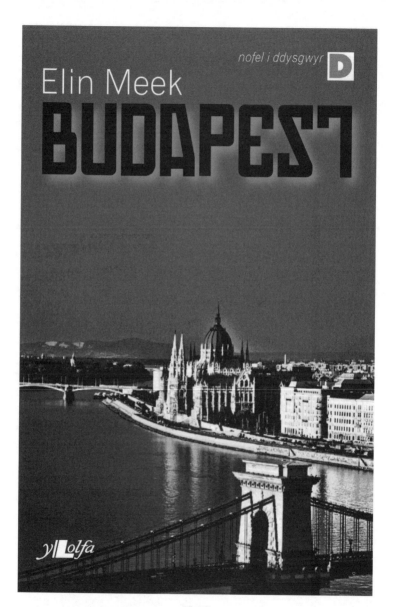

nofel i ddysgwyr D

Elin Meek

BUDAPEST

yl olfa

£3.95

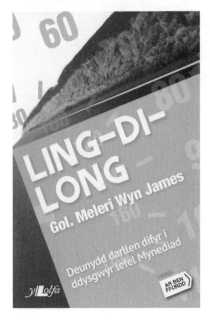

Cyfres Ar Ben Ffordd
Lefel 1 Mynediad
£4.95 yr un

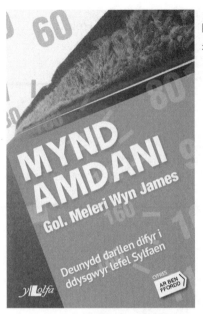

Lefel 2 Sylfaen
£4.95 yr un

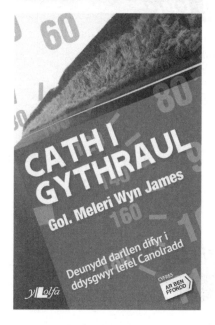

Lefel 3 Canolradd
£4.95 yr un

PROPERTY OF MERTHYR
TYDFIL PUBLIC LIBRARIES

Am restr gyflawn o lyfrau'r Lolfa, mynnwch
gopi am ddim o'n catalog
neu hwyliwch i mewn i'n gwefan

www.ylolfa.com

lle gallwch archebu llyfrau ar-lein.

TALYBONT CEREDIGION CYMRU SY24 5HE
ebost ylolfa@ylolfa.com
gwefan www.ylolfa.com
ffôn 01970 832 304
ffacs 832 782

Holwch am bris argraffu!
01970 832 304